覇剣の皇姫アルティーナⅫ

むらさきゆきや

FB
Famitsu Bunko
ファミ通文庫

LTINA

目次《もくじ》

illust.himesuz

Sword Princess

人物紹介
Characters

マリー・カトル・アルジェンティーナ・ドゥ・ベルガリア

ベルガリア帝国第四皇姫。母の故郷アルジェンティーナ（愛称アルティーナ）にちなんで名付けられた。赤髪紅瞳の持ち主で、身の丈以上の大剣《帝身轟雷ノ四》を振り回す。帝国の圧政に苦しむ民のため皇帝になるべく立ち上がった。

レジス・ドゥ・オーリック

一等文官。読書狂で、軍の司書になるのが夢だった。士官学校時代は弓や剣はおろか乗馬もろくにできない落ちこぼれだったが、豊富な読書量に裏打ちされた軍略の才能は確か。

クラリス

アルティーナが物心ついたときから一緒にいる六歳年上のメイドで、心から信頼されている。普段は人形のように無口だが、気に入った相手には冗談ばかり言う変わり者。

ジェローム・ジャン・ドゥ・バイルシュミット

名高い猛将だったが、戦功を妬まれて辺境に追いやられた。それ以来、昼間から酒を飲み、博打にかまける自堕落ぶりだったが、アルティーナとの決闘に敗れ、潔く部下となった。

エリック・ミカエル・ドゥ・ブランシャール

ベルガリア帝国騎士でエヴラールの孫。かつてレジスが所属していたテネゼ侯爵軍で、レジスの采配に感銘を受け、尊敬する彼の後を追うため、あえて前線への配属を志願した。

カルロス・リアン・オーギュスト・ドゥ・ベルガリア

帝国第一皇子。本人が暗殺されてしまったため、妹のフェリシアが身代わりとなり、オーギュストのふりをしている。今では王位継承権を放棄し、エディと共に第四軍に身を寄せている。

エディ・ファビオ・ドゥ・バルザック

一等武官。剣の名家バルザック家の新当主で、その剣さばきは確かだが戦場で人を斬ったことはない。携えている長剣は初代皇帝から賜り、代々受け継がれてきた《護帝護国ノ七》

ハインリヒ・トロワ・バスティアン・ドゥ・ベルガリア

帝国第三皇子。継承権争いに巻き込まれることを嫌って、ハイブリタニアに留学していた。他の兄妹たちが宝剣を与えられたことを羨み《帝足音切ノ参》を黙って持ち出した。

アレン・ドゥ・ラトレイユ・ドゥ・ベルガリア

帝国新皇帝。皇后の息子で政軍両面に優れた才能を有する。国家存亡の危機にもかかわらず享楽にふける父皇帝を誅殺し、帝国の全権を掌握した。

ヴァーデン大公国
E R
ヴォルクス要塞
ランゴバルト王国
帝都
ヴェルセイユ
エスタブルク王国
ベルガリア帝国

ハイブリタニア
王国
ヒスパーニア帝国
M

これまでのあらすじ

レジス・オーリックは軍人にもかかわらず剣も乗馬も苦手で、いつも本ばかり読んでいる青年だった。左遷《させん》された辺境で出会ったのは、赤髪紅瞳《せきはつこうどう》の少女――ベルガリア帝国第四皇女マリー・カトル・アルジェンティーナ・ドゥ・ベルガリア。愛称《あいしょう》をアルティーナといった。

彼女は平民出身の母親を持つがゆえに宮廷で疎《うと》んじられ、まだ十四歳で皇女にもかかわらず辺境連隊の司令官に任命されてしまうのだが……その境遇を嘆《なげ》くことなく、むしろ圧政に苦しむ民衆のために、ベルガリア帝国を変えようと決意する。

「あたしは皇帝になる。あなたの叡智《えいち》が必要なの」

司令官として認めてもらうため、アルティーナは部隊の実権を握る英雄ジェロームに決闘を挑み、からくも勝利を収める。

自信を持てないままのレジスだったが、彼女の軍師となることを約束するのだった。

それから数々の難事をくぐり抜けていく。

蛮族《ばんぞく》の襲来。

難攻不落《なんこうふらく》のヴォルクス要塞《ようさい》の攻略。

帝都で行われる《建国記念祭》への招待……

皇位継承権問題に揺れるベルガリア帝国だったが、隣国ハイブリタニア王国から宣戦布告を受けてしまう。

呼応してヴォルクス要塞へ攻めてきたヴァーデン大公国軍を一夜にして撃破。《ラフレンジュ会戦》では帝国第七軍の逃走を助けた。

さらに、敵の補給線を断つべく、レジスは提督代理《ていとくだいり》として艦隊を指揮し、ハイブリタニア王国《女王の艦隊《クイーン・ネービー》》を壊滅させる。

傭兵王《ようへいおう》ギルベルトが率いる補給部隊も撃破し、帝国の勝利を決定づけるのだった。

その頃――国家存亡の危機にもかかわらず享楽《きょうらく》に耽《ふけ》る皇帝の姿を目にした第二皇子ラトレイユは、激怒し、宝剣《帝意破軍ノ弐《アルメヴィッツァ・ヴォロンテ》》を振り下ろす。

皇帝の謀殺《ぼうさつ》は偽装され、老衰《ろうすい》による崩御と発表されるのだった。

北の城塞《じょうさい》都市グレボヴァールが、ハイブリタニア王国残存戦力とランゴバルト王国の連合軍に占領されてしまう。ラトレイユに求められ、レジスは奪回作戦に参加した。

優秀な兵たちを自由に指揮することのできたレジスは、地理的な不利を覆《くつがえ》し、圧倒的な勝利を収める。

ハイブリタニア王国軍の指揮官オズワルドを倒し、女王マーガレットを捕虜とするのだった。

しかし、レジスの叡智は、ラトレイユにとって脅威と映ってしまう。

「レジス・ドゥ・オーリックを……殺せ」

帝国第一軍から追われる身となったレジスは、傭兵団《吊られた狐《ルナルパンドゥ》》の軍師イェシカと交渉し、個人的な協力関係を結ぶ。

変装して帝都に戻ったレジスは、書店主キャロル、新聞記者クロード、活動家ブールジーヌらのコクネションを頼り、とうとう第三王子バスティアンと再会するのだった。

レジスは語る。

「覇権主義を支持する者は、戦《いくさ》が銃の時代に移ることの意味を理解できていない。どれほど勝ち進もうと、待っているのは屍の国の玉座だよ」

ラトレイユ皇子の即位に影を落とすべく、レジスは侍従《じじゅう》長《ちょう》ベクラールを警備厳重な屋敷から連れ出す。

彼の証言を得て、ラトレイユによる皇帝弑逆《しぎゃく》を週刊新聞クォーリーの記事にした。

その頃――

レジスの訃報《ふほう》に納得できないアルティーナが第四軍を率い、帝都に現れたのだった。

序章◆遅すぎた軍議

帝国暦八五一年八月十二日、夕方――


東の丘に、第四軍が布陣する。騎兵五〇〇、歩兵四〇〇〇。

迎え撃つように、丘の下に第一軍が展開した。騎兵一〇〇〇、歩兵一〇〇〇〇。

数も練度も装備も第一軍が上だ。

しかし、ハイブリタニア王国との戦争における第四軍の戦功は、ベルガリア帝国の全ての人が知るところである。

ラトレイユ新皇帝の即位を翌日に控えながら、帝都ヴェルセイユは張り詰めた不穏《ふおん》な空気に包まれていた。


第四軍、本陣――

護衛銃士を務めるエリックが尋ねてくる。

「姫様、どうなさいますか？」

アルティーナは丘の上に立ち、相対する第一軍を睨《にら》んでいた。

「突撃するわ！」

「えっ⁉」

「――って言うと、頭の中にいるレジスが全力で止めてくる気がするのよね。レジスならきっと反対するだろうな、って」

「そうでしょうとも……第一軍と戦うなんて無謀《むぼう》ですよ。しかも、大義名分はどうするんですか？」

「やましいことがあるから、ああやって軍隊を並べてるんだわ」

「いや、軍隊を引き連れてきたのは、こっちですし」

「じゃあ、あたしが一人でラトレイユと話してくる！」

「やめて！」

甲高《かんだか》い悲鳴をあげてしまってから、エリックが言い直す。

「えっと……姫様、それこそ無謀だと思います。もしも、ラトレイユ総督《そうとく》が手段を選ばないのなら、獅子《しし》の口に頭を入れるようなもの」

「わかってるわよ」

アルティーナがエリックと話していると、本陣のほうから男が二人、歩いてきた。

帝剣の称号を持つエディと、この《飛燕《ひえん》騎士団》を預かるアビダルエヴラだ。

エディはヴォルクス要塞《ようさい》に残ってもらう予定だったが、彼なりに思うところがあったようで後発の歩兵部隊を率いて追ってきた。

よお！　と片手を挙げる。

「アルジェンティーナ、いつまで睨み合いを続ける？」

「それを話してたとこよ。あたしが一人で話し合いに行くのはダメ、ってエリックが言うし」

「当然だろ？　いきなり大将が行ってどうすんだ。ふつうは使者とか立ててるんじゃねえの、こういうとき」

アルティーナは目を丸くした。

「驚いた……まともな意見が言えるのね、エディ⁉」

「これでも戦地の経験はあるからな……って、微妙に馬鹿にしてないか、それ？」

アビダルエヴラが頭を下げる。

「申し訳ありません。ヴォルクス要塞から帝都まで八日間はあったわけですから……このような状況も予想して策を相談しておくべきでした」

八日間もあったのに、どうして決めていないのか――と責められた気分になり、アルティーナは怯《ひる》んだ。

「うっ……ラトレイユが軍隊を出してきたら応戦する、とは決めてたのよ？」

エリックがため息をつく。

「いきなり突撃してくるはずはないですよ」

「内戦の場合、戦端が開かれずに膠着することのほうが多いよな」

エディが同意した。

アルティーナは唇《くちびる》を尖《とが》らせる。

「し、仕方ないでしょ⁉　内戦なんてやったことないし」

「ボクも経験はありませんが……」

慎重派のエリックには、アルティーナの言動が、あまりに短絡的で危うげに見えるらしい。

とはいえ、護衛なのだから、司令官の方針に異論を唱えるのは慎《つつし》むべき、という思いもあった。レジスのような妙案が出せるわけでもないし……

エリックが口ごもる。

こんなとき、今までなら、レジスが話をまとめてくれたのだが……まるで乗り手のいない野生馬のように会話が放浪《ほうろう》した。

その尻尾《しっぽ》をエディが摑む。

「とにかく、使者を送るべきだと思うぜ？」

「それがいいかしらね？　じゃあ、使者を立てるとして……誰がいいと思う？」

アルティーナは周りに意見を求めた。

エディが一歩下がる。

「俺は無理かな。レジスの策に乗ったとはいえ、ラトレイユさんからは個人的な恨《うら》みを持たれてそうだ」

「そんなこともあったわねー。オーギュストと手と手を取り合って、宮殿から逃げたのよね」

「フッ……まあな」

男性同士で、その表現はどうなのか——とエリックは内心で思った。

今の第一皇子オーギュストは、第五皇女フェリシアが扮《ふん》しているから、実際には男同士ではないのだが。

変装の件は幕僚《ばくりょう》にも伏《ふ》せられている秘密だ。エリックが知っているのは、フェリシアの男装を看破したのが彼だからだった。

それらは脇へ措《お》き、エリックは別のことを指摘する。

「帝国随一の剣士と謳われるエディ・ファビオ・ドゥ・バルザック公爵を向かわせたら、使者なのか一騎打ちの申し出なのかわかりませんよ……」

「いやあ、俺は人を斬らないぜ？」

エディは血が嫌いだった。

殺したくない。

かといって、殺されるのも嫌だ。

だから、殺さなくても殺されないほど圧倒的な技量を身につけたらしい。天賦の才と宝剣《護帝護国ノ七》《デファーンドル・セット》によって。

アルティーナが腕組みした。

「エディに一騎打ちなんてさせないわよ！」

「いえ、ラトレイユ総督側が誤解しかねない、という話でして……」

「一騎打ちなら、あたしが行くわ！」

「ダメですってば！」

司令官にダメ出しなんて、護衛にあるまじき越権行為――と思いつつ、エリックは言わずにはいられなかった。

アルティーナは手をひらひら振る。

「わ、わかってるわよ。あたしだって成長してるんだから、大義名分もなしに内戦なんか始めないし」

「真面目に考えてください。もうすぐ日が暮れますよ？」

「エリックは誰がいいと思うわけ？」

「……ご命令とあらば、ボクが」

それこそダメだろ、とエディが否定した。

「エリックは護衛なんだから、司令官の傍《そば》から離れてどうすんだ」

「それは……」

「しかも、おまえはアルジェンティーナのお気に入りだろ？　使者として向かわせて、あちらで殺されたとき、司令官が冷静さを失うような人選は、どうかと思うぞ」

「お、お気に入り⁉」

「よく、クラリスと合わせて三人でいるし、侍女《じじょ》みたいな感じじゃねえか」

「ボクは男なんですけど⁉」

「ははは……そうなんだけど、なんとなく」

「や、やめてください、エディ卿《きょう》」

なんとなく、で核心を突かないでもらいたい。

エリックは冷や汗をかいた。

アルティーナが首をかしげる。

「んー……誰かを使者に立てたとして、ラトレイユになんて言うの？　レジスを手に掛けたかって問い詰めたとして……あいつが〝やってない〟って言ったらどうしよう？」

エディが首をすくめた。

「やってないって言うなら、やってないんじゃないか？」

「ぜんぜんダメじゃない！」

「それじゃ、アルジェンティーナはどうするんだ？　嘘《うそ》だって決めつけるのか？」

「えっと……」

アルティーナは考えこんでしまった。

勢いで軍隊を率い、帝都まで詰め寄ったものの、ラトレイユに何と問い質《ただ》すのかまで思慮《しりょ》が及んでいなかったのだ。

エリックが頭を抱える。

「ああ、こんなときに、レジスさんがいてくれたら……」

「そうよ。レジスがいれば！　だけど、あんな紙切れ一枚で、死んだなんて……信じられるわけないでしょ⁉」

「本当に……そうですよね……」

「あんな軍師は他にいねえよ。帝国を救った英雄じゃねえか……どうしてなんだよ、ラトレイユさん？」

エディもため息をついた。

城塞都市グレボヴァールでの戦《いくさ》は、攻城戦で、しかも勝ち戦だ。本陣を襲撃されたわけでもないのに幕僚として参加していたレジスが戦死した――と言われても、謀殺《ぼうさつ》としか思えなかった。

ふと、アビダルエヴラが北を指さす。

「むっ？　側面から歩兵部隊が……？　まさか、奇襲なのでは⁉」

「なんですって⁉」

アルティーナたちは慌てて目を向けた。

たしかに、土煙《つちけむり》をあげ、こちらに進んでくる部隊があった。数は七〇〇程度か。

多くはないが、無視できる数ではなかった。

こちらの側面を突かれれば兵たちが混乱する。その隙《すき》に、帝国第一軍が突撃してきたら、一方的に敗走しかねなかった。

かといって、側面に兵を回し過ぎると、これまた正面が薄くなる。

アルティーナは頭が煮えそうだった。

「う～、歩兵七〇〇で迎え撃って！」

「同数ですか⁉　姫様、側面を突破されたら、部隊が瓦解《がかい》してしまいます！」

アビダルエヴラに言われて、考え直す。

「じゃあ、倍で」

「一四〇〇ですな、わかりました。正面の部隊から四〇〇を回します！」

「うん！」

ちょっと待った！　とエディが声をあげる。

「奇襲じゃないみたいだぜ？」

「え？」

改めて見ると、向かってくる部隊は白旗を掲《かか》げていた。

降伏《こうふく》。あるいは、使者。

エリックが不思議そうに言う。

「どういうことでしょう？　七〇〇人の使者なんて、考えにくいですよね？」

「てかさ、あれって傭兵《ようへい》っぽくね？」

エディがつぶやいた。彼は異様に目が良い。

距離が近づき、アルティーナにも相手の装備もわかるようになった。武器や鎧が雑多で、帝国兵には見えない。

「たしかに……傭兵っぽいわね？」

「ならば、白旗をあげていようと油断はできません」

アビダルエヴラが言った。

たしかに、傭兵団の中には、野盗まがいの連中も多い。

白旗をあげておいての奇襲や、負傷兵を装うことは戦場で禁忌とされている。

しかし、それをやるのが野盗だった。兵隊ではなく犯罪集団だ。

「……ちがう」

アルティーナはつぶやいた。

なぜ、そう感じたのか、彼女自身にもわからない。しかし、懐かしい空気が肌に触れたように思えた。

「…………もしかして、レジス？」

えっ⁉　と周りが驚く。

ほどなく、アルティーナの直観は正しかったとわかるのだった。

第一章◆雷鳴

四時間前――

レジスは幸福だった。

十二日の早朝には、侍従《じじゅう》長《ちょう》ベクラールの証言が載《の》った新聞が配られた。

即位直前に持ち上がった疑惑に、帝都は騒然となる。

民衆は宮殿に詰め寄るが、返答する者はなかった。

全て予想通りだ。

レジスは、キャロルの書店にある喫茶スペースで珈琲《コーヒー》を飲みながら、読書に耽《ふけ》っていた。

あと数日もすればヴォルクス要塞《ようさい》に手紙が届く。レジスの存命も、今後の方針の提案も暗号化して認《したた》めた。

しばらくは平穏《へいおん》な日々が過ぎる――その予定だった。

ファンリィーヌが血相《けっそう》を変えて駆けてくる。

「レジス様！」

「ちょっ……困るよ、大声で⁉」

「わわっ、ごめんなさい！　レジーナさん、大変です！」

帝都で身を隠すため、まだレジスは女装していた。本当はもう帝都を立ち去ってもいいのだが、情報収集という名目で書店に入り浸っている。本を読むためなら、女装すら厭《いと》わないのだった。

「……どうしたんだい、ファンリィーヌさん？　この世に本屋さんで大声をあげるほど大変なことなんてありはしないんだよ？」

「アルジェンティーナ皇女の騎士団が、帝都の東にある丘へ布陣しました！」

「なんだってぇぇぇ⁉」

幸福な時間は半日も続かなかった。

慌てて《吊られた狐《ルナルパンドウ》》傭兵団の野営地《やえいち》に戻る。

ちなみに、第三皇子バスティアンと友人のエリーゼ、活動家ブールジーヌと、新聞記者クロードと、そして負傷したフランツィスカと、その妹のマルティナは帝都に残っていた。

野営地――

傭兵団《ようへいだん》を仕切るイェシカが、レジスを睨《にら》みつけてくる。

綺麗な顔立ちだが、さすがの迫力だ。

「オーリック卿《きょう》、ずいぶんと遅いお帰りね？　もうすぐ日が暮れそうよ」

「え、えっと、こっちの状況は手紙で伝えたと思うんだけど……まさか届いてない？」

「どうせ本を読んでいたのでしょ」

「うっ……」

短い付き合いなのに、すっかり見透かされていた。伊達《だて》に彼女も〝魔法使い〟などと呼ばれていない。洞察力はレジスでも敵わないと思えた。

彼女はすでに地図を広げている。

「東の丘に、第四軍の騎兵が五〇〇、後ろに歩兵が四〇〇〇……丘の下に第一軍《白兎《はくと》騎士団》が布陣したわ」

「街を出てくるとき、歩兵が集まってるのを見たよ。第一軍は一〇〇〇〇ほど出すだろうね。もう出てるかな？　僕たちは帝都の反対側から出て、ぐるっと迂回《うかい》してきたからな」

「アルジェンティーナ皇女は内戦をする気かしら？」

「そんな馬鹿な……」

「貴方《あなた》のせいよ？」

「うーん、僕は手紙を出したんだけどなぁ……このタイミングだと、行き違いになったのか」

「どうするの？　このまま見ている？」

「まさか！　姫様のところへ合流するよ」

レジスの言葉を予想していたのだろう、イェシカがうなずく。

「協力してあげるわ、約束どおり」

すでに傭兵たちは出発の準備を終わらせていた。すぐにでも動ける。

自分一人ででも向かおうと思っていたレジスだったが、ここは素直に助力を受け入れるのだった。

野営地を出て、東の丘に向かう。

総勢七〇〇名ほど。

レジスはファンリィーヌとイェシカと一緒に、箱馬車に揺《ゆ》られていた。相変わらず馬には乗れない。

御者《ぎょしゃ》が声をかけてくる。

「副団長、第四軍が見えやした！」

「どうするのかしら、オーリック卿？」

「白旗を掲《かか》げてください！　このまま進むと、撃たれます」

「アイサ！」

幸いなことに、帝国第一軍に動きはなく、レジスたちは第四軍まで無事に辿り着くことができた。

いや、無事で済むかは、まだわからないが……。

見慣れぬ傭兵たちに、第四軍の兵士たちは槍や弓矢を構え、警戒している。

迂闊《うかつ》なことをすれば攻撃されかねなかった。

レジスたちは箱馬車を降りる。

顔見知りの兵の姿があった。

あちらがレジスに気付いてくれれば、アルティーナを呼んでくれるはず。

レジスは手を振る。

兵士が頬《ほお》を赤らめた。

なんだか予想していたのとは違う反応だ。

彼らは帝国第四軍の兵たちなのに。

懐かしの我が家に帰ってきたような気分になっていたが、どこか反応がおかしい。

まるで間違えて他人の家に入ってしまったかのよう。

後ろにいたファンリィーヌが耳打ちしてきた。

「……レジス様、格好が！」

「ああっ⁉」

すっかり忘れていた。今のレジスはどこからどう見ても軍師ではない。観察力に優れた記者たちですら男とわからない変装中だった。

しかし、ここでウィッグを取ったら、兵たちに何と思われるか……

帝国兵が左右に割れる。

部隊の奥から、歩いてくる人影があった。

燃えるような赤い髪《かみ》を揺らし、肩からは身の丈よりも長い剣を吊《つ》っている。紅瞳《こうどう》が見つめてきた。

「……レジス？」

「えっ……ア……アルティーナ！」

「レジス！　レジス！　レジス！　レジス！　レジス！　レジス！」

駆けてきた少女が、思い切り抱きついてくる。

全力で抱きしめられて——

レジスは「ぐぇ」とカエルが潰れたような声を漏らした。

†

帝国第四軍本陣——

天幕の中には六人。

レジス、アルティーナ、エディ、アビダルエヴラ、イェシカ、ファンリィーヌがいる。

エリックが入口を警備していた。

再会の興奮が落ち着いたアルティーナが、ジト目で睨みつけてくる。

今日は、よく女性に睨まれる日だ。

「で？　どういうことなの？　なんで、ラトレイユに戦死したって報《しら》されたレジスが、女の人になって敵の傭兵たちと……もう、わけわかんない！」

「……うん、君の言うとおりだね」

混乱するのも無理はなかった。

そんなアルティーナの姿を見るレジスの頰は、自然と緩《ゆる》んでしまう。

「なによ、ニヤニヤして！」

「え？　そんな顔してるかい？　まいったな……」

「あたしが困ってるのが、面白いわけ？」

「……君とまた会えたことが嬉しくて」

「なっ⁉」

ぼんっ、とアルティーナが頬を赤くした。

わははは、とエディが笑う。

「いいな、それ！　俺もヴォルクス要塞に帰ったら、あいつに言ってみよう」

彼の最愛の人は、第五皇女《フェリシア》であり、今は要塞に残っていた。

レジスは慌ててしまう。

「あわわ……そ、そういう意味ではなくて……‼」

「女になったら口説き文句が上手くなったんじゃないか、レジス？」

「冗談じゃないですよ、エディ卿」

そんなやり取りをしていたら、横合いから冷ややかな声をかけられる。

「……悠長《ゆうちょう》にしてていいのかしら？　もう陽《ひ》が落ちるわ。このまま睨み合いを続けるというの？」

相変わらずクールなイェシカの問いだった。

レジスは苦笑してしまう。

「……たしかに、睨み合う理由はないね。兵たちが今夜は暖かい場所で眠れるようにしよう。誰か、紙と筆を」

メイドが天幕に入ってくる。

まるで必要になるのがわかっていたかのように、一式がトレイに用意されていた。

レジスは息を呑《の》む。

「あ……」

「…………」

テーブルにトレイを置いたのは、クラリスだった。

他人がいるときは、無口で無表情だ。それでも、彼女の目元が赤くなっていることに気付く。涙の跡だった。

レジスは笑みを浮かべる。

「ありがとう、クラリスさん。えっと……ただいま」

「…………はい。お帰りなさいませ」

そして、聞き取れないくらい本当に小さな声で〝レジスさん〟と名前を口にすると、クラリスは深くお辞儀して、何事もなかったかのように天幕から出て行った。

アルティーナが肩をすくめる。

「ひさしぶりに会ったんだし、こんなときくらい、もっと話せばいいのにね？」

「……いいさ」

万の言葉を交わすよりも、無事を喜んでくれていることが、伝わってきたように思え

た。

レジスは用意してもらった筆を手に取る。

──これ、僕がいつも使ってるやつだ。

よく手に馴染《なじ》む。ヴォルクス要塞に置いてきた、愛用の筆だった。

訃報《ふほう》を受けての出兵だったにもかかわらず、クラリスは信じていたのだろう。レジスが存命で、この筆を使う機会があるに違いない、と。

もしかしたら、墓に入れるつもりだったかもしれないけれど……

そんなことを考えつつ、筆を走らせた。

さらさらと書きあげた書簡を丸め、封蝋《ふうろう》にはアルティーナの印璽《いんじ》を押す。

またイェシカが冷ややかに言う。

「当たり前のように、皇女の印璽を使うのね？」

「はは……アルティーナは三回に一回は封蝋を失敗するからね」

「しかも、愛称で」

「勘違いしてほしくないんだが……」

ここにいる面々の前で、レジスは思いっきり〝アルティーナ〟と呼んでしまった。

兵たちの間に妙な噂が広まると困るので、公の場では今後も礼儀正しい言葉遣いを心がけるつもりだが、第四軍の幕僚《ばくりょう》たちには関係を明かしておく。

「僕はアルティーナの軍師で、それ以外の何でもない。ただ、お互いに堅苦しいのは苦手でね」

「あたしは、べつに敬語を使われるくらい慣れてるわよ」

意外な方向から否定されてしまった。

「え、ええ？」

「レジスだから許してるの」

「……ど、どうも」

「あたしは、貴方を軍師として迎えたわ。でも、それ以上に、志《こころざし》を同じくする仲間になってほしくて」

「うん……僕も、そのつもりだ。同じ理想を抱いている」

イエシカがうなずいた。

「……特別な関係であることは理解したわ」

「ちょっと説明しにくいけど」

「大丈夫よ。少なくとも男女の仲でないことは、一目でわかるから」

「そ、そういうものかい？」

「私を誰だと思っているのかしら？」

さすがは高名な傭兵団《吊られた狐《ルナルパンドゥ》》の軍師だった。

アビダルエヴラが眉間にシワを寄せる。

「ううむ……オーリック殿が特別な人材であることは、誰も異論を挟まないでしょうが、礼節を蔑《ないがし》ろにするのは……」

その背をエディが叩いた。

「まあまあ！　式典とかじゃ、ちゃんとするって」

「軍議とて公務なのですが？」

「アルジェンティーナが望んでんだから、いいんじゃね？　レジスも、そのほうがやりやすいんだろ？　礼節なんぞより、今は結果が重要さ」

「た、たしかに……」

これまでと方針を変えて、レジスの能力が発揮されなくては、第四軍に未来はない。

レジスは頭を下げた。

「すみません、僕のせいで」

アビダルエヴラが顔をしかめる。

「うっ……オーリック殿、姫様に敬語を使わない理由は、わかりました。それならば、私にも使わないでもらえませんか？　自分が酷《ひど》く不敬《ふけい》を働いている気がして」

「あ、はは……努力します……じゃなかった、努力するよ」

アルティーナが話を戻す。

「手紙、どうするの？」

　そういえば〝兵たちが今夜は暖かい場所で眠れるようにしよう〟としか言ってなかったか。

「もちろん、ラトレイユ殿下に届けるんだよ」

「使者を出すのね？　そこまでは、考えたのよ。でも、誰にしようか迷って」

「え？　誰でもいいよ」

「そうなの⁉」

「このくらいの距離なら、新兵でもいい」

「ラトレイユに何て質問するの？　レジスを手に掛けたかって？　あ、それはやってないのよね」

　目の前に、生きているのだから。

　しかし、レジスは苦笑いする。

「いや……やったと思うよ。そうじゃなければ、戦死したなんて報《ほう》は広めないからね」

「あ、そうよね⁉」

「まぁ、そのあたりの話は後で……まずは、使者の件だけど、この距離なら手紙を渡すだけでいいよ。相手からも手紙で返事してもらう」

「そっか」

「すまない、僕のミスだ。そのあたりを知っている人物を副官に任命しておくべきだったね。第四軍だとエヴラール卿だとか」

「ああ、なるほど」

今は要塞守備隊長を任せているが、彼は歴戦の強者《つわもの》だった。ジェロームの腹心《ふくしん》をしていたのだから、交渉ごとの知識も豊富だろう。

話してばかりはいられない。

レジスは伝令兵を呼び、書簡を預け、対峙する帝国第一軍へと走らせた。

アルティーナが首をかしげる。

「なんて書いたの？」

「えっ⁉　封蠟をする前に、見せたよね⁉」

「あはは……レジスのことばかり見てたから」

「そ、そう」

思わず赤面してしまった。

「本当に透けてないなあ、って」

「幽霊じゃないよ」

あはは、とアルティーナとエディが笑った。

アビダルエヴラはまだ言葉使いに慣れないのか、そわそわしている。イェシカは手紙の内容に察しがついているのだろう、気にした様子もなく紅茶を飲んでいた。

エリックは護衛らしく不動。

末席のファンリィーヌが片手を挙げた。

「わたくしも気になります。どのような手紙を書かれたのですか、レジス様？」

「えっと……まず僕自身のこと。故あって戦場から消え、第一軍司令である総督《ラトレイユ》に迷惑をかけたお詫びだよ。無事に第四軍に戻ったことも添えてね」

「戦死扱いにされたことについては、触れなかったのですか？」

「それは苦言を呈《てい》さなくても、謝罪も訂正もされるよ。戦死扱いになっていた者が、実は生きていたなんて、たまにあることだし」

「でも、ラトレイユ殿下は暗殺を企《くわだ》てましたわ」

「証拠はないからね」

むしろ、その件を掘り下げると、《吊られた狐《ルナルパンドゥ》》傭兵団による見張り殺しが明るみに出る。

この件は、つついても旨味がなかった。

アルティーナが笑みを浮かべる。

「でも、ラトレイユのやつ驚くでしょうねー。殺したと思っていたレジスから手紙が届くんだから！　顔を見てやれないのが残念！」

「宮殿から出てきてないと思うよ？　ハイブリタニア軍のクルサード大佐と一騎打ちになって、馬に乗れないくらいの深手を負ったからね。全治二ヶ月だったかな」

「なんですって⁉」

「軍の中でも、広まってない情報かい？　即位の儀式を延期しないためかな。ずいぶんと焦ってるみたいだね、ラトレイユ皇子は」

「即位、明日なのよね……」

「帝国第四軍は、その祝賀のために馳《は》せ参《さん》じた──と書いておいたよ」

アルティーナが顔をしかめた。

「なんで、あたしが、お祝いしなきゃいけないのよ⁉」

「……そうでも言わないと、勝手に部隊を動かした言い訳が立たないじゃないか」

「ふざけた報告を寄越《よこ》したラトレイユが悪いの！」

「軍務省に、そう報告するかい？」

「ぬぬぬ……」

憤懣《ふんまん》やるかたない様子だったが、すぐに呑みこんだ。離ればなれになったときより、少し成長しているな──とレジスは感じる。

できれば、軍隊を動かす前に情報収集をする冷静さがあると、もっとよかったが……

「まぁ、これはこれで、有効かな？」

「なに？」

「帝都の人々……とくに貴族たちに、第四軍の存在をアピールしておいたほうが、今後に役立つと思うよ」

「レジス、また悪そうな顔してる」

「そうかい？　でも、もう善人なだけじゃいられないよ。一度は殺された身だ」

「うん！　あ、ところで、どうしても気になることがあるんだけど？」

「なんだい？」

アルティーナが手を伸ばしてきた。

髪をなでる。

「どうして、女の子になっちゃってるの？　クラリスが泣くほど笑ってたわ」

再会が嬉しくて涙してくれたわけじゃなかったのか！

クラリスの目元が赤くなっていた理由が判明した。

「いや……これは……」

イェシカがつぶやく。

「……オーリック卿に頼まれて、女装させたのよ」

「そ、それは間違ってないけど、誤解を生みそうな言い方じゃないだろうか⁉」

くくく……とファンリィーヌが声を殺して笑う。

仕方なく、経緯を話すレジスだった。

†

帝国第一軍、天幕――

もう西の丘に太陽が沈もうかという時刻になって、第四軍から伝令旗をあげた騎兵が駆けてきた。

ジェルマンが声に出す。ラトレイユの目として、見えるものを報告する癖《くせ》がついていた。

「ラトレイユ様、伝令兵のようですな」

「うむ」

ほぼ右目の視力は回復したが、左目は見えないままだ。そして、いずれ右目の視力も失われると診断されていた。

ジェルマンが問う。

「帝国第四軍から、宣戦布告でしょうか？　あるいは、軍師の死について問い詰める訴状を？」

「いや、そうではあるまい」

ラトレイユは椅子に座っていた。

左肩と右太腿に、細いが深い刺し傷を負っている。本来ならばベッドを離れることも許さない――と医師に言われていた。

馬に乗ることもできず、馬車での移動を強いられている。

ジェルマンが首をかしげた。

「どのような内容ですと？」

「先ほど合流した小集団……傭兵のようだと言っておったな？　だとすれば、あの軍師が女連れで山越えをできた理由に納得がゆく」

「あっ！」

「おそらく、軍師レジスは存命である、という書簡であろう」

「しかし、レジス殿が生きていたとすると……やはり、宣戦布告をしてくるのでは？」

「帝国第一軍に、あの程度の戦力でか？　まだ帝都には五万の兵がいるのだぞ」

「そ、それは……たしかですが……」

「臆するな。いかな名軍師であろうと、この戦力を逆転することは不可能だ。しかも、内戦になれば他国を利するばかり。開戦はない。ありえぬ」

断言したが、実はラトレイユ自身が確信を持てていなかった。

半ば自分に言い聞かせるような言葉だ。

先日のグレボヴァール攻略戦で、レジスの尋常ではない指揮や奇策を目にしたせいだった。

自分の想像を超える策を練っている――そんな疑念を払拭できなかった。

ほどなく、書簡が届く。

ジェルマンが受け取って、開いた。もう昼間ならば文字を読むこともできるが、夕暮れとなると苦労する。

「や、やはり！　レジス・ドゥ・オーリックは生きていた、と！」

「左様《さよう》か……」

ジェルマンが読み上げた。

「あとは、ラトレイユ様に迷惑をかけたという詫び文ですな。それと、第四軍は明日の即位を祝うために、馳せ参じた、と」

「ふんっ……詭弁《きべん》を」

「いかがなさいますか？」

「詭弁だが、第四軍を咎《とが》めることはできぬな。内戦を避けたいのは、むしろ皇帝に即位する俺のほうだ」

「たしかに……騎兵五〇〇に歩兵四〇〇〇は皇女殿下《こうじょでんか》の護衛としても多すぎるように思いますが、まだ領内にはハイブリタニア王国軍の残兵が散っています」

戦地も同然と言われれば、否定はできなかった。

ラトレイユは忌々《いまいま》しく思う。

「……ハイブリタニアに領内深くへ侵攻されたのは、総督《そうとく》である俺に責がある」

手紙には匂わせてもいないが、迂闊に突けば、利《き》かせてくるに違いない。そこまで読めるから、咎められない。

内心で舌打ちした。

相変わらず、あの軍師らしい策だ。ラトレイユ側の応手まで用意されていた。

ジェルマンが問うてくる。

「では、どのように返答いたしましょうか？」

「……レジス・ドゥ・オーリック一等文官の生還を祝し、誤報を謝罪する。またグレボヴァールでの戦功を讃《たた》えて勲章《くんしょう》を授与。アルジェンティーナを即位の式典へ招待し、第四軍の兵たち全てを歓迎する――といったところであろう」

相手側の要求を丸呑みではないか。

ラトレイユは拳を握った。

その拳に、ジェルマンが手を重ねる。

「どうぞ、お気をお鎮《しず》めください、ラトレイユ様……よい対応かと存じます。第四皇女とて、政敵の即位を祝うなどと、嵐のごとき内心のはず。いわば痛み分けといったところです」

「承知しておるとも。だが、俺の返事を用意したのは、かの軍師だ。こう返すしかない、という状況にされた」

「なにをおっしゃいます。レジス殿が帝都で暗躍《あんやく》しようと、せいぜいゴシップ新聞の怪しげな記事を出すのがやっとでした。結局、皇帝に即位するのは、ラトレイユ様ではありませんか」

「うむ」

「むしろ、第四皇女が参列することで、諸侯に誰が皇帝であるのか、知らしめられるというものです。存外、頭を抱えているのは、レジス殿かもしれませんぞ？」

「お前の言うとおりだ、ジェルマン。俺としたことが、即位を控えて不安定になっておるのか」

「ただ、お疲れなのでしょう。手紙をしたため、宮殿に戻りましょう。あとは《白兎騎士団》に任せてください」

「……そうだな。明日のために、卿《けい》の言うことを聞こう」

ラトレイユは馬車に移り、一足先に宮殿へと戻った。

《白兎騎士団》バッテレンの指揮で、第一軍も粛々と帝都へ帰投する。同時に、第四軍も帝都へと向かった。

唐突に四五〇〇の兵を迎えることとなり、兵站《へいたん》の担当者たちは上を下への大騒ぎとなったが……

レジスの宣言どおり、第四軍の兵たちは暖かい場所で眠ることができそうだった。

昼には睨み合っていた両部隊が、夜には二列で帝都の大通りを行進する。なんとも珍しい光景だった。

内乱かと不安がっていた市民たちは、一様に安堵の笑みを浮かべ、歓迎する。

道端には見物客が溢れかえるのだった。

†

翌日――

雨天だったが、当然ながら、即位の儀式は決行される。

かつて、ブールジーヌが演説して咎められた宮殿前の広場に、立派な舞台が設けられていた。

銀色に光る甲冑《かっちゅう》を身につけた重装歩兵たちが、列をなして警護している。

「遅いぞ、新入り！」

耳が大きく、色黒に日焼けした男が怒鳴《どな》りつけた。週刊新聞クォーリーの記者クロードだ。ひしゃげた革帽子に、ヨレヨレの背広を羽織っていた。

背の低い少女が走ってくる。

「勝手に！　先、行かないで！　くださいよ！　はぁ、はぁ……」

似たような革帽子と背広という格好をしているが、肌は白くて瞳は青い。金色の髪を後ろで結んでいた。

クロードが何かを少女に渡してくる。

「これ、提げとけ」

焼き印の押された木の板で、首から革紐でつるした。

彼も身につけている。

「先輩、これなんですか？」

「取材許可証だ。ないと貴族の顔が見えるところまで入れねえんだよ。てか、今から普通に並んでたら、ラトレイユ新皇帝の演説が聞こえる場所にも行けねえだろ」

「すっごい人ですもんねえ。帝国中の人が集まってるみたい。広場どころか通りまで、いっぱいですよ」

「アホか。せいぜい一〇万人くらいだ。帝国には何倍もの国民がいる」

「それでもヤバイことですよ⁉」

「まあな……その世紀の大イベントに寝坊してくる後輩を押しつけられて、俺もヤバイよ」

「そ、それは、先輩が寝かせてくれないから……」

少女は恥ずかしそうに頬を染めた。

クロードが奥歯を噛《か》む。

「テメエの記事が下手すぎるから、直しが深夜までかかるんだ！　ほれ、行くぞ！」

背中を強く押され、少女は転びそうになりつつ前へ進んだ。

「わわっ⁉　んもう……それにしても、よく取材許可が取れましたね？」

「おう」

「週刊新聞クォーリーといえば、今や帝都を騒がす反体制派の代名詞じゃありませんか。よく許可が……あれ、先輩、ヤバイです。これ名前が違う」

「そうか？」

「ほら、あたし、ベティですよ？　名前が違う……あれ、会社名も……って、先輩のも名前が違うんですけどー⁉」

「大声を出すんじゃねえ。クォーリーに式典省が取材許可を出すわけねえだろ」

「まさか偽造……」

「ドアホ。焼き印が、ほんの数時間で偽造できるか」

「それじゃ……盗みを……」

「ばか言うなよ。俺たちの志に共感して、快《こころよ》く貸してくれたのさ。せいぜい有効活用するとしようぜ」

「は、犯罪だー⁉」

「嫌なら返せ。俺が一人で行く」

クロードが手を伸ばしてくる。

さっ、とベティは身を引いて避けた。

「……よ、よく考えたら、盗んだのは先輩で、あたしは関係ないですよね。式典、見たいし。ラトレイユ様、チョーカッコイイ」

「ハッ！　そいつを陥《おとし》いれる記事を書いてんだぞ、俺らは」

「ゾクゾクします」

「……歪《ゆが》んでんな……まぁ、普通のヤツが、ウチに就職するわけねえけど」

大勢の記者に混じって、専用ゲートをくぐる。

役人が取材許可証を確認していたが、通過者が多すぎて、ちょっと見て終わりだった。

これなら粗悪な模倣品でも通れたか。

ただし、武器を所持していないかは厳重に調べられた。

宮殿の正門前に演説の壇があり、正面に貴族たちが座っている。

記者席は柵で区切られ、ちょうど壇と貴族たちを真横から眺めるような位置だった。どちらの表情も見ることができる。

悪くない場所だ。

目の前に並んでいる重装歩兵が、邪魔ではあったが……

「どけ！　せめて座れ！」

殺気だった記者たちに怒鳴られて、うろたえつつ屈む姿は、ちょっとカワイイ――とベティは思った。

背の低いベティは爪先立ちになって壇上を見つめる。

「はぁ……ラトレイユ様、いないですね？」

「この雨だから、ぎりぎりまで控え室だろうな。ベルジュラック侯爵も、まだ姿がないし」

普段は呼び捨てにしているクロードだが、さすがに周りの耳目がある場所なので、気を遣っていた。

「ベルジュラック……？」

「ぐっ……式典省の大臣の名前くらい、頭に叩きこんどけ」

「ああ、そうでした、覚えてます覚えてます！　第三皇子の祖父ですよね。あはは……イケメン以外のことって、覚えるのも思い出すのも大変でして」

「まったく……」

「先輩のこと覚えるのも大変でしたー」

「うるせえ、黙れ」

クロードが記者たちを掻き分けて、前へ向かう。

彼よりは小さいので、その後ろにくっついてベティも前へ出た。

柵から身を乗り出すようにして、クロードが指さす。

「見ろ、貴族たちの列を」

「キラキラしてますー」

「どういう順番で座ってるか、覚えておけよ」

「何か意味あるんですか？」

「右前が一番で、そこから序列が落ちていく。参列の席次は、貴族たちの壮絶な権力闘争の結果だ。そのまんま、今の勢力を示してると言っていい」

「おお、なるほどー」

「皇帝が新しくなれば、贔屓《ひいき》される貴族も変わる。序列にも変化があるわけさ」

ふむふむ、とベティはうなずいた。

本当はメモを取りたいくらいだったが、後ろから他の記者たちにグイグイ押されて、そんな余裕はない。

クロードが柵に両手をついて盾になってくれているから、どうにか話ができるくらいだった。一人だったら、今頃は潰されてペチャンコだ。

「一番前は、皇族の人たちですかね？」

「あとは現役の大臣とかな。あれらは別格だ。皇帝に擦《す》り寄《よ》るんじゃなく、貴族たちに擦り寄られる側だな」

「へー、大臣も？」

「大臣ってのは、いわば貴族たちの代表格みたいなもんだ。いくら皇帝といえど、理由もなくクビにしたら、面倒が起きる。国政が回らなくなるし、下手すりゃ大規模な内乱だろう」

「そうなんだ」

「蔑ろにできない超大貴族ってことさ。おっ、見ろ！　アルジェンティーナ皇女だ！」

「わわっ！　あたし、ファンなんですよ！」

他の記者たちも、皇帝に次いで注目されている人物の登場に、ワッ！　と沸《わ》きあがった。

さらに後ろから押されて、クロードの両腕が震える。

柵が軋《きし》んだ。

「ぐっ、くっ……」

「大丈夫ですか、先輩？」

「おう……よく見ておけ。あの赤髪《せきはつ》紅瞳の少女が、十五歳にして帝国軍中将になり、先の戦争で最大の戦果を挙げた英雄……マリー・カトル・アルジェンティーナ皇女だ」

「ヤバイです！」

「……記者として、その語彙《ごい》はどうなんだ？　まぁいい、その隣が、もっとヤバイ！」

「おおっ」

「魔法使いの異名を取るレジス・ドゥ・オーリック一等文官だ。今日は、男の格好をしてるな……ククク」

ドレスのほうが似合っていたぜ、とクロードが笑った。

皇女の隣を歩いているのは、正装に着られている感じのヒョロっとした頼りない猫背の男だ。

ベティは首をかしげた。

「えっと……あの細い人が、レジスですか？　皇女の荷物持ちとかじゃなくて？」

「騎士爵《きししやく》でも、貴族だ。卿《きよう》を付けとけ」

「うわー。イメージ崩れたー」

「まぁ、初めて会ったときは、俺も同じようなことを思ったがな……その後ろは……帝剣エディ・ファビオ・ドゥ・バルザック公爵だな」

「イケメン、ヤバイです！」

「建国記念祭から姿を消した、と言われてたが……やっぱり、第四皇女についてたか」

「どんな人なんですか？」

「帝国随一の剣士だ。御前《ごぜん》試合で負けたことなし。だが、戦場嫌いって噂《うわさ》もある」

「へー」

「第一皇子《オーギュスト》の護衛をしていたらしいが……そいつが第四皇女《アルジエンティーナ》を支持して引退したんで、今は皇女派か。予想通りではあるな」

「オーギュスト皇子はいないみたいですねぇ」

「銀髪は、いないな」

「茶髪なら、いますけど」

他の記者たちも気付いたらしく、周りがどよめいた。貴族たちにも驚きが広がる。

クロードがうめいた。

「マジかよ……彼は第三皇子ハインリヒ・トロワ・バスティアン！　まさか、皇女派を表明するとはな！　しかも、即位の日に明かすなんて、面白すぎるぜ！」

「んへ？　なにが面白いんですか？」

「よく考えろ。第二皇子ラトレイユが皇帝になるんだぞ。尻尾《しっぽ》を振るのが賢く得なのはアホでもわかるだろ」

「あたし、アホじゃないですよ」

「にもかかわらず、第三皇子バスティアンは、あえて勝負が決まった今日になって、公の場で第四皇女アルジェンティーナ側にいる！」

「たまたま入口で一緒になったとかは？」

「そこらの飲み屋じゃねえんだぞ⁉　派閥《はばつ》を示すんじゃなきゃ、別々に入ってくるってのー」

「そっかー」

「わかってねえだろ？　彼は、俺たちとの取材の結果、あの立場を選んだんだぜ。最高だろうが」

「えっ、それ本当ですか⁉」

「そういや、おまえには詳しく話してなかったか。社に帰ったら教えてやる」

「はぁ……」

ベティは曖昧《あいまい》にうなずいた。

また、この場では話せないような違法な取材をしたのだろう。

クロードが唇《くちびる》の端《はし》を歪め、薄気味悪い笑みを浮かべた。

「ククク……ラトレイユ新皇帝、嵐の船出だな？　バスティアン皇子がアルジェンティーナ皇女を支持するってことは、皇帝弑逆《しぎゃく》の噂……デタラメじゃねえと言ってるようなもんだぜ」

　貴族たちが騒がしくなるのも無理はない。

　クロードの視線は皇女の隣に座るレジスに向いていた。

「……これも、あんたの仕掛けかな？」

　ベティは指さす。

「先輩、二列目の貴族って？」

「前のほうは、帝都近郊――いわゆる中央の大貴族だ。ラトレイユ派って連中さ。富も武力もあり、しかも推《お》してた皇子が皇帝になった。最高の気分だろうぜ」

「強者が勝った感じで、嫌ですね」

「次が、南部の新興貴族だな。新貴族連盟《ガイヤルト庭園の会》って知ってるか？」

「も、もちろんですよ」

　目が泳いだ。

　クロードがため息をつく。

「ちゃんと資料を読んどけって言ったろ。連中は、南部の肥沃《ひよく》で広大な土地と、多くの南方諸国との取り引きにより、莫大な財を築いている」

「お金持ち？」

「ああ、利権を貪《むさぼ》ってる中央と、いい勝負のな。あれらは皇女派だったと思ったが……

まぁ、西方貴族より上になったか」

「三番手のですか？」

クロードがうなずいた。

「前皇帝の時代は、二番手だったが……西方の古参貴族たちは、落ちたな。名誉と歴史はあるが、もう田舎の貧乏貴族でしかないか。ハイブリタニアとの戦争で最も被害を被《こうむ》ったのも劣勢の理由かもな」

「あ、西方っていえば、そうですよね」

その三大勢力の後ろに、他の地方の貴族たちが並んでいる。

子爵以下の階級で、資産も多くない家は、平民と大差なく席がなかった。

ベティは気付く。

「ん？　東方の貴族たちは来てないです？」

「ユハプリシア第六皇妃をラトレイユが暗殺したという噂が流れているからな。今日にでも東方で開戦しそうだし」

「ぷぷ……その噂、流したのウチじゃん」

「おいおい、周りに聞こえるだろ？」

そう言うクロードの声も、半笑いだった。

眺めてみると、多くの貴族が少しでも前の席を渇望する一方で、意外と大貴族の中にすら空席があった。

「雨のせいですかね？」

「いや……貴族のなかには〝皇帝弑逆の嫌疑が晴れぬので〟と不敬罪を厭わぬ者もいるらしい。名誉のために決闘するような連中だからな」

「そういや、皇后《こうごう》陛下も？」

「ん？　ああ……ベティ、そろそろ始まるぞ。ちゃんと段取りを覚えておけよ。あとで記事を書かすぞ」

「任せてください！」

式典省の役人たちを最も動揺させたのは、皇后だった。

ラトレイユの母親だ。

週刊新聞クォーリーにより侍従長ベクラール侯爵の証言が明かされると同時に、皇后は宮廷からいなくなった。

そして、今日になっても、所在すら摑めていない。最前列にある空席は、いくつもの憶測《おくそく》を呼んだ。

式典開始を告げるラッパが鳴らされた。続いて太鼓《たいこ》が叩かれる。

荘厳《そうごん》な演奏で幕が開けた。

†

宮殿にある控えの間――

ラトレイユは伝統的な正装に身を包み、即位の儀式が始まるのを静かに待っていた。

ジェルマンが部屋に入ってくる。

「……やはり、皇后陛下が見当たらないそうです」

「そうか。ならば参列しないのであろう」

「昨日の騒動で、監視が緩みました。申し訳ございません」

「なにを謝る？　俺は母親がおらねば式典もままならない赤子《あかご》か？」

「いえ、そのような！」

ラトレイユはジェルマンの耳元でささやく。彼だけに聞こえるように。

「……あれは、我が子を皇帝にするため、兄に毒を盛るような毒蛇だ。油断するな。潜《ひそ》んでいるときこそ危険だからな」

「うっ⁉　そうですな。捜索の数を増やします」

「ほどほどにな。参列者の安全こそ、最優先だ。俺の即位の儀式で、要人に何かあれば沽券《こけん》に関わる」

「はい、心得ております！」

ジェルマンが敬礼して、控えの間を出て行った。

ラトレイユは、また一人になる。

私物を収めた木箱を開けた。

手の平ていどの小さな絵画だ。

エプロンをかけた黒髪の女性が描かれている。

「ベアトリーチェ……やっと……ここまで来た……」

ノックを聞き、ラトレイユは絵画を木箱へと戻した。

宮殿から出ると、楽団の演奏が耳に入る。それと、民衆の歓声が渦を巻いた。雨中にもかかわらず広場も通りも人が埋め尽くしていた。

儀式の舞台へと歩く。

階段を上った。

わずか八段しかない階段だ。

――これを上るために、どれほど手を血に染めただろうか？

四段目を踏んだとき、壇に立つ者の姿が見えた。

「……父上」

皺《しわ》だらけの先代皇帝の姿。胸には剣が突き刺さっていた。

当然、幻視だ。

もはや彼は墓の下。

傍《かたわ》らにいる第六皇妃も、同じ。

「……去れ、魔女め」

帝国を我が物にせんと精を吸っていた悪魔に、わずかな罪悪感もない——とラトレイユは信じていた。

また階段を上がる。

打ち倒した敵将を踏みつけた。

ラトレイユの指揮により死んでいった自軍の将兵をも踏み砕く。

七段目に来たとき、思わず足がすくんでしまった。

「……オーギュスト……兄さん」

自分の母親により毒殺された兄の姿を見る。

おだやかに微笑《ほほえ》んでいるが、紫色の唇からは黒い血がこぼれていた。

民衆の声が、まるで地獄からの怨嗟《えんさ》のようにも聞こえる。ラトレイユの額に汗が浮かび、頬を伝い落ちた。

泥沼に沈んだかのように、足が動かなくなってしまう。

うめいた。

背中から声があがる。

「ラトレイユ様、帝国に永劫《えいごう》の繁栄を！」

ジェルマンだった。

ふっ、と死体の幻視が消え去る。

目の前にあるのは舞台と、参列する貴族たちと、歓声をあげる民衆だけ。

ラトレイユは片手を挙げて応える。

「無論だ！」

壇に立った。

民衆の歓声が大きくなる。

参列している貴族たちに視線を落とした。

誰もが孔雀《くじゃく》のように着飾り、欲深そうな顔をしている。そんななかで、アルジェンテイーナと彼女の周りの連中だけが、挑むような目つきをしていた。

――そんな顔をしても、もはや全てが手遅れだ。

やはり皇后は欠席か。

寂しさはなく、むしろ不気味だった。

式典省の大臣ベルジュラック侯爵が出てきて、即位の儀式の開催を宣言する。万雷の拍手で歓迎された。

ベルジュラックはバスティアンの祖父だ。孫がアルジェンティーナ側にいることを気にしてか、今にも倒れそうなほど顔が蒼白だった。

教会の長から祝福を唱えられ、冠《かんむり》を授かる。

儀式は滞りなく進んだ。

やっと実感する。

ラトレイユは雨粒の落ちてくる鉛色の空を見上げた。

――天が望まずとも、俺こそが皇帝だ。諸国を呑みこむ大蛇となってくれようぞ！

宣言する。

「ベルガリア帝国こそは、この地に唯一となるべき超大国である！　争う敵なくば、永遠の平和と繁栄が約束されよう。我に続け！　さすれば勝利を与えよう！」

拳を突きあげた。

民衆が雷鳴のごとき叫び声をあげる。

「新皇帝、万歳！　万歳！　万歳！」

楽団が演奏を開始し、国歌が合唱された。

帝国暦八五一年八月十三日――

ベルガリア帝国は新皇帝に、アレン・ドゥ・ラトレイユ・ドゥ・ベルガリアが即位したのだった。

第二章◆祝宴

即位の儀式は終わり、祝宴《しゅくえん》が開かれた。

宮殿ル・ブラヌの巨大なホールに、これでもかと料理が並べられ、煌《きら》びやかな飾《かざ》り付《つ》けがなされている。

壁には緋色の布が掛けられ、金銀の刺繍《ししゅう》が施されていた。大理石の彫像《ちょうぞう》が東方の花《か》瓶《びん》を担ぎ、そこには見たこともない大輪《たいりん》が咲き誇っている。

至る所に絵画や彫刻が並べられ、来場者の感嘆《かんたん》を誘っていた。多くは百年以上も前の名作であり、ベルガリア帝国で最も芸術が盛んだった時代のものだ。

オーケストラが華《はな》やかな曲を演奏する。

貴族たちは、ここぞとばかりに着飾って、ドレスと宝石の展覧会のようだった。

レジスはアルティーナに連れられ、会場を訪れる。

「……これは……すごいな」

「うん、建国記念祭のパーティーに負けないくらい豪華ねー」

「君、本当にその格好でよかったのかい？」

アルティーナは軍服だった。いつもの軽装鎧姿ではなく、式典用の飾りがついた衣装で、小振りな片刃剣を腰に吊《つ》るしている。

「今の私は、皇女《こうじょ》じゃなく帝国軍中将《ちゅうじょう》だと思ってるから」

ラトレイユが即位したことで、アルティーナは皇位継承権《こういけいしょうけん》を失った。極めて特殊な例外を除き、それがベルガリア帝国の慣《なら》わしだ。

ずっと落ち込んでいた彼女だったが、もう切り替えたらしい。皇帝への道が閉ざされようと理想を捨ててはいなかった。

皇位継承権のない皇女などよりも、今は帝国軍中将のほうが価値があると判断したのだろう。

レジスは思う――もしもアルティーナが平民に生まれていたとしても、きっと目標へ全力を尽くしただろう、と。

しかし、より困難になってしまったことは間違いない。この状況に至ったのは、レジス自身の臆病《おくびょう》と怠慢《たいまん》が原因だ。そう考えている。

――もう躊躇《ちゅうちょ》はしない。

決断しなければ、アルティーナの可能性が失われる。それはレジスにとって、息が止まるほど苦しいのだと、今は理解していた。

ふとアルティーナが展示品の一つに目を留め、駆け寄る。

「レジス、これ！」

「君が芸術品に関心を示すなんて、珍しいこともあるものだと思ったら……なるほど」

紅と金を基調とした長剣が飾られていた。

鞘《さや》から抜かれ、抜き身で置いてある。

刃が黄金でできているかのように金色だった。しかし、金はやわらかい金属なので刃に使われるはずがない。

「帝剣か……建国戦争の時代に、初代皇帝《炎帝《ランペルールフラム》》が精霊より授かった精霊銀で造らせた、と伝えられている七振りの剣だね。金色の刃だから《帝怒炎山ノ六《ラージュヴォルカン・シス》》か」

「初めて見たわ」

「たしか、宝物庫を出るのは、かなり久しぶりなんじゃないかな」

「ひ弱そう」

「いやいやいや……たしかに他の帝剣に比べると、ちょっと装飾っぽさがあるけど、戦争で使われた記録だってあるよ」

「どんな特徴がある剣なのかしら？」

「盾と合わせて使うらしい。今のベルガリア帝国だと見かけない剣技が必要みたいだね」

「へー」

アルティーナが腕組みする。

「むむむ……ちょっと盛り上がっちゃったのが、悔《くや》しい」

「はは……いいじゃないか」

「よくないわよ。ラトレイユのやつ、皇帝になって趣味が変わったのかしら？　華美《かび》なパーティーなんて無駄遣いは嫌いかと思ってたけど」

レジスは改めて会場を見渡す。

「たしかに、芸術家で知られたビセンテ皇帝時代のパーティーみたいに華やかだね」

そのときの様子は、多くの絵画が残されていた。

ビセンテ皇帝は芸術を愛し、文化事業に多大な貢献《こうけん》をしている。ただし、浪費家で国を傾けたことも事実だった。

アルティーナが眉《まゆ》をひそめる。

「ラトレイユは戦争ばかりしてるけど、芸術方面にも明るいのよね。仲の良かった従姉《いとこ》が、画家だったみたいで……」

「え？　い、従姉って？」

「母親の兄の娘よ」

「それだと皇族ではないのか。でも大貴族だよね。誰だい？」

「名前？　えっと……忘れちゃったわね。ベア……ベア？　うーん……まぁ、その画家やってた従姉と、ラトレイユはよく芸術について話してたみたい」

「それ本当かい？　皇帝の従姉の画家なんて、微妙な腕前でも有名になってそうだけど、聞いたことがないいんだけど」

「ああ……けっこう前に亡くなってるから……」

「そうだったのか……」

皇族や貴族に限らず兄弟の多い時代であるから、親戚まで含めると、かなりの人数になる。

女性で画家なんて珍しいが、とくに名作を残したわけでもなく亡くなっているなら、注目した書籍がなくても仕方がない。皇族に近い人物なら、何かの本で名前くらい見たことはあるかもしれないが、いくらレジスとて文字の羅列《られつ》を暗記しているわけではなかった。

レジスは展示されている美術品に目を向ける。

「……なにか関係あるんだろうか？　この美術品を並べた祝宴と」

「どうかしらね？　即位できたのがよほど嬉しかったのかもしれないけど」

「式典での表情に、嬉しさは感じられなかったな。戦を前にして檄《げき》を飛ばしたときと同じ顔だったよ」

ラトレイユ新皇帝の演説は、レジスには周辺諸国への宣戦布告のように思えた。

だからこそ、浪費とも思える華美な祝宴が釈然《しゃくぜん》としない。何か別の目的があるのだろうか?

やや年配の紳士が深々と礼をしつつ、話しかけてきた。

「失礼いたします」

アルティーナに挨拶《あいさつ》をしたい貴族かと思ったが、違うようだ。

「わたくし帝都で画商をやっておる者で……」

「画商?」

「左様でございます。こちらの絵画について、よろしければ解説などさせていただければと」

「へー。そんなもんまで用意してんのね」

「このようなパーティーですと珍しいかもしれません。美術展では普通なのですが」

「そうなの、レジス?」

アルティーナに訊ねられ、首をかしげた。

「僕は美術展には入れたことがないから、そこまで詳しくは知らないけど」

「左様でございますか。若い軍人さんですと、ご興味ご関心が薄いかもしれませんな。この名画は長らく宮殿の宝物庫に保管されてきたもので、かのビセンテ皇帝が画聖フィリッポに依頼し三年の歳月をかけて制作されたというもので……」

おそらくアルティーナに向けて語っているのだろうから、レジスはあえて口を挟《はさ》まなかった。

美術展に行ったことがない理由は、興味関心が薄いからではなく、先日まで平民で薄給だったから資格も入場代もなかったのだ。

物語の題材にされた美術品は数多くあり、いつか見てみたいと思っている作品もあるのだが……。

画商の解説を受け、アルティーナが感心する。

「へー。そんなたいそうな絵なのねえ。宮殿に飾ってあるのと同じようなものかと思ったわ」

それは同じようなものだと思うよ――とレジスは内心で、ツッコミを入れた。

宮殿ル・ブラヌはよく美術館のようだと讃《たた》えられ、アルティーナは世界最高峰の美術品を見慣れているのだった。

画商がやや声をひそめて言う。

「……ここだけの話ですが……実はラトレイユ新皇帝陛下が、この祝宴でお披露目《ひろめ》している品々を手放すという噂《うわさ》なのです」

「あ、そうなんだ？」

アルティーナが興味なさそうに返した。

レジスは得心する。

「なるほど、そういうことでしたか。この祝宴は、軍資金を集めるための催《もよお》しでもあるんですね」

煌びやかな装いも納得だった。ケチ臭いパーティーでは、貴族たちの気分が盛り上がらない。

画商が笑みを浮かべて、うなずいた。

「いずれも国宝級の名作ばかりですので、手にすれば社交界で話題になること間違いなし。将来、手放そうとも価値が落ちるとは考えにくく、ラトレイユ新皇帝陛下の覚えめでたくなるのも確実かと」

「ふーん……まぁ、あたしはラトレイユに覚えめでたくても、全くちっとも嬉しくないけどね！」

「さ、左様でございますかぁ……は、はは……」

皇族でなければ不敬罪に問われかねないアルティーナの言葉に、画商が鼻白《はなじろ》んだ。

当然ながら、画商は祝宴の参加者の素性《すじよう》を把握《はあく》している。皇女と知って話しかけてきたはずだ。

普通の貴族では、国宝級の名画など買えるはずもなく、話を持ちかける相手は選ぶ必要があった。

しかし、アルティーナの気性までは把握していないらしい。

彼女は政争に負けたくらいで、おとなしく下手《したて》に出るほど物わかりのいい性格ではなかった。

「レジス、何枚か絵を売ったていどで、意味があるもの？」

「そうですねえ……」

レジスは画商に価格を耳打ちする。

「……これくらいですか？」

「申し訳ありません。この名画であれば、その二倍くらいは……ですが、わたくしならば、旦那様の言い値で商談をまとめてみせましょう」

ここまでの会話の流れからして、売買は成立しそうにないのに、商魂たくましいというか、熱心だった。

とにかく、レジスが予想した金額は、的外れではなかったらしい。

気を持たせるのも悪いので、一礼して画商から離れる。

アルティーナとの会話に戻った。

「いやあ、すごい額だね！　ここでお披露目されてる品々の半分でも取り引きが成立すれば、ハイブリタニア王国との戦争で失った戦力を回復できそうだ」

「うえ⁉　そんなにするの⁉」

「国宝級だからね、国庫に影響するくらいの価値はあるよ」

もちろん、お金で兵士が生き返るわけではないし、チャリンと正規兵が買えるわけではない。雇用や訓練にかかる費用を換算しての話だった。

あまりに高価な美術品なので、そう簡単に売買が成立するとは思えないが……。

アルティーナがため息をつく。

「剣だけじゃなく、絵も何枚か貰っておけばよかったー」

「ははは……アルティーナが名画を売っても、大貴族たちは買ってくれないだろうけどね。画商の方が言ってただろう？　ラトレイユ新皇帝から買うから意味があるんだよ」

「つまり、媚《こ》びるために買うってこと？」

「阿諛《あゆ》は貴族の嗜《たしな》みだからね」

「それなら、お金だけ渡せばいいじゃないの。絵が可哀想だわ」

可哀想という発想はなかった。

レジスは苦笑する。

「でも対価もなしに資金を提供させたら、それは徴収だよ」

「貴族が平民にやってることじゃない」

「そうだけど……皇帝が高額の徴収なんてしたら、今度は貴族の面子が立たなくなる。内乱が起きるとは言わないけれど、今の帝国軍は貴族軍の集まりだからね。覇権主義のラトレイユ新皇帝としては、貴族の支持を失いたくないだろう」

ベルガリア帝国皇帝は、絶対権力者だ。

しかし、大半の兵や民を抱えているのは貴族たちだった。

貴族は皇帝に阿《おもね》るが、皇帝といえど貴族の心情を蔑《ないがし》ろにはできない。

何百年も続いている歪《ゆが》みだった。

†

式典のときと同じような演出があって、新皇帝ラトレイユが登場する。

貴族たちが挨拶のために列を作った。

建国記念祭のときと変わらない。

ラトレイユが壇上で言う。

「式典でも語ったが、余はベルガリア帝国の領土を広げようと考えておる。近隣諸国を全て呑《の》みこみ、抗う敵がないほどの大国を造るのだ」

貴族たちから拍手が起《はし》こった。

レジスたちは会場の端から、その様子を眺める。

アルティーナがため息をついた。

「わかってるのかしら？　ラトレイユはいっぱい戦争するって言ってんだけど、貴族たちはやる気あるの？」

「……仕方ないよ。ここで皇帝の方針に反対を表明しても、貴族の中ですら孤立するだけだ」

「ハイブリタニアと戦争して、負けそうになったばかりじゃないの！」

彼女の声が大きかったものだから、貴族の何人かがこちらに目を向けてくる。

〝どこの家の馬鹿娘だ？〟という顔をしていた貴族たちが、第四軍司令官だと気付いて慌《あわ》てて視線を外した。

先の戦争は、第四軍の活躍があってこその戦勝だと、誰もが知っている。

レジスは声量を下げるよう、彼女に手振りした。

「……それでも勝ったからね」

「あなたのおかげよ。そうでしょ？」

「まさか。過大評価だよ。僕が何もしなかったとしても、誰かが勝っただろう。ベルガリア帝国は強いからね」

相変わらずレジスの自己評価は低かった。

むしろ、もっと犠牲を減らせたのではないか――としか考えていない。

アルティーナが唇《くちびる》を尖《とが》らせる。

「少なくとも、あたしはベルガリア帝国が強いとは思わない。ハイブリタニア軍はたった三万だったのよ。こちらは、どれだけ失ったか」

「……それは貴族たちも思ってるさ。だからこそ、ラトレイユ皇帝の言葉は決意表明というか、努力目標のようなものだと考えてるんじゃないかな？　即位してすぐ弱腰なことを言うのも変だしね」

「ラトレイユよ？　戦争すると言ったら、するでしょ」

「……自分と違う価値観は、理解できないものだよ」

我が身が滅びようとも理想に突き進む――という性質において、ラトレイユとアルティーナは似ていた。大半の貴族は現状に満足している。だから想像すらできないのだった。

まだ貴族たちの拍手は続いている。

壇上のラトレイユがうなずいた。

「皆が余の考えに賛同しておることを嬉しく思う。しかしながら……先の戦では多くの将兵を失った。我が覇道に不安を抱く者もおるだろう。そこで、貴婦人もいる祝宴の席で、いささか無粋《ぶすい》ではあるが……卿《けい》らに秘策を明かしておく」

目で合図すると、壇上にジェルマンが現れた。

白布で包んだ棒状のものを持っている。

もったいぶって布が開かれた。

見守っている貴族たちから、どよめきが上がる。

小銃だった。

先日、レジスが見せてもらったベルガリア帝国製の小銃だ。試作品ではあるが。

「ハイブリタニア王国に遅れを取ったのは、先帝が無関心だったゆえ、武器において差をつけられたのが原因である。だが、帝国には優れた技師が多く、すでに新式小銃の量産に目処《めど》がついておる！」

おおお、と再び貴族の男性たちから声があがった。

淑女は政治軍事には口出ししないものだ。

アルティーナが声をあげかける。

「小銃があったって！」

「まあまあ、陛下の演説の最中ですから……」

「だって……!!」

「君の言いたいことは、わかる。だけど、口喧嘩《くちげんか》しにきたわけじゃないんだよ」

レジスはアルティーナをなだめて、落ち着かせた。

ラトレイユは帝国製新式小銃は隣国のよりも優れているとし、貴族軍への安価な貸与《たいよ》も約束する。

大半の貴族は、始まってもいない戦争に勝ったように喜んでいた。

しかし、なかには表情を険《けわ》しくした者もいる。

「貸与とは……」

剣も槍も甲冑《かっちゅう》も、武器は自前で雇っている鍛冶師《かじし》に作らせるか、商人から購入するのが、今までは当然だった。国が工場で量産し、貴族軍に貸与という形に違和感を持ったらしい。

勘《かん》がいいな――とレジスは思った。

ラトレイユは最終的に、貴族軍をなくして国軍化するつもりだ。

しかし、いきなり廃止を命じても貴族たちは従わない。私兵を持っていることは特権を維持するため、欠かせない要素だった。

小銃と弾丸の生産を国が行うのは、国軍化への足掛かりとなる。

わかっていたが、貴族たちに教える気はなかった。レジスも貴族軍の廃止は、平和的な外交に必要だと思っている。

そこまでで、ラトレイユの演説は終わるかと思われたが――

「最近は……技術の進歩から無知蒙昧《むちもうまい》の徒までが世に言説を流布《るふ》できるようになり、怪しげな流言もあるようだ」

疑惑については無視するかと思っていたので、言及したのは意外だった。

具体名こそ挙げなかったが、週刊新聞クォーリーの記事を批判した言葉に違いない。

そのうえで、流言——根拠のない噂話だと断じた。

一瞬、ラトレイユの目が、レジスを射貫いたように思う。

「えっ⁉」

気のせいだろうか？　もう皇帝となった彼が、自分なんぞを意識するなんて、あるはずが……

そうレジスが考えていると、アルティーナが首をかしげた。

「なんで、こっちを睨《にら》んだのかしら？」

「あ、やっぱり見てたかい？」

「はっきり睨んだでしょ。レジスが生きてたのが、そんなに不満なのかしら？」

どうやら気のせいではなかったらしい。

レジスは口元を片手で隠し、声を潜《ひそ》めて、アルティーナに耳打ちする。

「……即位の前日に、侍従《じじゅう》長《ちょう》ベクラール侯爵《こうしゃく》の証言が、週刊新聞クォーリーに載ったのは知ってるかい？」

「誌名までは知らなかったけど、なんか出たらしいわね」

「僕がやったんだよ」

「……はあ？」

「ジェルマン卿の署名を偽造して、ベクラール侯爵を屋敷から連れ出し、証言を新聞に書いてもらった」

「なっ⁉」

「即位を阻止するほど決定的ではなかったけど、反撃の布石《ふせき》にはなったかな」

アルティーナがまじまじとレジスを見つめてくる。

「そ、そこまでやっておいて、自分を睨んだわけじゃない、と思えるほうがスゴイんだけど⁉」

「うっ……いや……そうかな……僕なんか路傍《ろぼう》の小石と大差ないだろ？　ないか」

「レジスは、どう思ってるの？　疑惑のこと」

「僕はベクラール侯爵から直接に話を聞いたから、疑惑なんかじゃなく確信してるよ」

「それじゃ！」

「……でも物証はない。そして、今の帝国は、若くて優秀な皇帝による安定と回復を求めている。即位を覆《くつがえ》すには弱すぎる。少なくとも、ベクラール侯爵を連れてきて、皇帝や貴族たちの前で証言させるような真似はしないよ」

「ダメなの？」

「ベクラール侯爵は一度は〝ラトレイユ皇子を次期皇帝として認める〟と発言している。つまり、嘘《うそ》をついたってことだよ。弑逆《しぎゃく》の証言こそが虚言だと反撃されたら、論破は難しい」

「あ……そっか……」

「侯爵の証言は、竜を倒す神槍《しんそう》にはなりえない」

「たんなる嫌がらせ程度ってこと？」

「ラトレイユ新皇帝にとってはね。それくらいで済むと思ってるから、この場で否定したし、僕のことも生かしてるんだろう」

「たとえ、あいつが何を仕掛けてこようと、もうレジスには指一本触れさせないわ」

アルティーナが断言した。

主人と部下としては、役割が逆ではないか――と思うのだが、レジスでは盾にもならないから仕方がない。

ぽりぽり、と頭の後ろを掻《か》いた。

「君が倒れても僕たちの理想からは遠のく。それを忘れないでくれよ？」

「もちろんよ！」

†

そろそろ、ラトレイユの演説も終わるかと思っていたら……本番はここからだった。

彼が名を挙げる。

「マリー・カトル・アルジェンティーナよ、近くに来るがよい」

ざわ！　と貴族たちが今日一番の騒がしさになった。

即位寸前まで政争をしていた相手だ。

しかし、今や皇女は英雄である。

どういう処遇をするのか？

いきなりの直接対決に、貴族たちの関心と興奮は最高潮だった。

もちろん、臆して逃げるようなアルティーナではない。レジスの腕を引き、ずんずんと前へ。

「行くわよ！」

「あわ、あわ……」

貴族たちが左右に分かれ、まるで宝石の海が割れたかのようだった。

壇の真正面に立つ。

アルティーナは腰に手を当て、ラトレイユを睨んだ。

「わざわざ呼びつけるなんて、どういうつもりかしら？」

「まずは祝辞くらい述べるのだな、アルジェンティーナよ。先帝にも窘《たしな》められていたが、其方《そち》は急ぎすぎる」

政争相手に祝辞を要求するとは面白い――と貴族たちが好奇の目を向けてきた。服従すればよし。さもなくば、処罰もありえるか。昔からアルティーナが浴びてきた見世物に対するような視線だった。

ハンッ！　と彼女が肩をすくめる。

「ばっかじゃないの！　祝辞ですって？　言うわけないじゃない。ラトレイユの目標は、皇帝に即位することじゃなく、その先なんでしょ⁉　道半ばの人に世辞《せじ》を言うほど性格悪くないのよ！」

会場に緊張が走った。

レジスは胃がキリキリと痛くなる。

沈黙のあと――ラトレイユが笑いだした。

「フハハッ！　そう、そのとおりである！　さすがは、我が妹にして、最後まで帝位を争った好敵手だ。アルジェンティーナの言は正しい。余の目指す場所は、遥《はる》かな先……その言葉、激励《げきれい》と受け取っておこう」

「あそ……言っておくけど、あたしはまだ終わってないわ。諦めてない！　自分のやり方で、理想を追いかける」

「戦争のない国か」

「戦争のない世界よ」

「夢物語だな」

「夢物語よ。けれど、それが成せなければ、人は滅びるわ」

平和主義が貴族たちの賛同を得られるはずもなく、大半が苦笑していた。少女らしい夢想だと思われたのだろう。

しかし、貴族のなかには知識人もいて、真剣な表情をしている者も少なくない。

戦争を続けていれば人類が衰退するというのは、レジスが初めて提唱した思いつきではなく、すでに多くの書物で論じられている思想だった。残念ながら、少数派ではあるが……

アルティーナの言葉に、ラトレイユは反論せず、話題を転じる。

「其方の理想は問わぬ。しかし、帝国のために働いてもらわねばな？　北東部の守備を任せておいたが、いささか余力があるようだ。手薄になっている他の戦線も任せるとしようか」

「余力なんて……!!」

アルティーナの腕に手を添えて、レジスは反論を止《や》めさせた。

第四軍はヴォルクス要塞《ようさい》において、隣国ヴァーデン大公国の侵攻に睨みを利《き》かせているはずだった。

ところが、軍務省の命令もないのに、兵四五〇〇で帝都に現れたのだ。

連隊以上の規模である。

レジスの訃報《ふほう》に納得がいかなかったアルティーナが、兵を引き連れてきたのだが……

それを挙兵と言うのだ。

造反と解釈され、鎮圧《ちんあつ》されてもおかしくない。

レジスは〝皇女殿下《でんか》が、新皇帝の即位を祝賀するため、その護衛に必要な戦力〟という名目にして嫌疑《けんぎ》を躱《かわ》した。

まだハイブリタニア王国軍の残兵が多い状況なので、説得力はある。

しかし、逆に言えば――式典が終わったあとは、それだけの余剰戦力のはずだった。

反論したら自己矛盾だ。

第四軍はヴォルクス要塞の守備を放って、必要な兵を動かしたのか？　それとも余力がないというのが虚言なのか？

ラトレイユが言う。

「第四軍は、南部戦線の支援に向かわれたい。彼の地には、すでに第六軍と第八軍が駐留しておるが、戦況は芳《かんば》しくないようだ」

「ふーん……今度は、南？」

アルティーナが隣にいるレジスへと視線を向けてきた。うなずきを返す。

――受けるしかないだろう。南方へ遠征するなら、呑んでもらいたい要求はあるが。

レジスの意を汲んで、彼女が胸を張った。

「面倒を押しつけてくるわね……いいわ！　また助けてあげるわよ」

威勢がいいのはかまわないが、それだけで話が終わっては困る。

しかし、この場で具体的な命令まで下されるとは予想できなかったので、アルティーナに何も伝えていない。

正確には──予想だけなら無数にあったが、全ての対応を彼女に教えておくのは不可能だった。

レジスは隣にいるアルティーナにだけ聞こえるよう、小さな声で言う。

「あ……あの……」

「ん？」

「階級が……だろう？」

ばーん！　と背中を叩かれた。

「はっきり言いなさい、はっきり！」

「ええええっ⁉」

「レジスがいなかったら、少なくともあたしは何度も負けてた。先の戦争で、あたしが勝てなかったら帝国がどうなっていたか……ここにいる人たちは知ってる。だから、あなたに思うところがあるなら、遠慮なく言いなさい。誰にも文句は言わせないわ」

ううーん、とレジスはうなった。

貴族たちの目が集まる。

レジスのことを初めて見たという貴族もおり、伝え聞く戦功と、軍人らしからぬ容姿の差に、驚いたような顔もあった。

壇上からラトレイユが手を差し伸べる。

「余はレジス殿を高く評価している。なんなりと思うところを述べるがよい。それとも、余の治める帝国で、その叡智《えいち》を発揮するのは不服であろうか？」

「と、とんでもない……」

レジスは深呼吸した。

†

昔なら、こんな大勢の貴族たちに見つめられたら、呼吸もできなくなったかもしれない。

レジスは四月の建国記念祭のとき、描いた筋書きから〝自分が登壇する〟という線は排除した。

第一皇子オーギュストや、他の者たちに任せたのだ。

もう逃げてばかりはいられない。

「……僕は帝都で生まれ育ち、この帝国に愛着があるし、幸せになってほしいと願う人たちも多い。なにより、僕にも理想があります」

「うむ、卿の忠誠を疑うことはせぬ」

ラトレイユにうながされ、レジスは懸念を口にする。

「……南部戦線には、すでに第六軍と第八軍が派兵されています。現在の総数は四万ほどで、騎兵も砲もあり、充分な戦力のはずです。南部ならば、相手はヒスパーニア帝国とエトルリア教国――弱くはないが、ベルガリア帝国に攻めこんでくるだけの余力はありません。にもかかわらず、支援が必要な戦況というのは、戦力以外に問題を抱えていると見るのが妥当でしょう」

「ほほう？　兵を送っても意味はない、か。レジス殿は何が問題だと考えているか？　調査をすべきと？」

レジスは首を横に振った。

「調査する猶予《ゆうよ》はないでしょう。エトルリア軍は川を越えたそうですから」

「ほほう……たった今、南部戦線への派兵を命じたというのに、そこまで調べておるとは、流石だな」

「い、いえ……これでも姫様の軍師ですので」

「余が第四軍に命じること、予想しておったか？」

「……まぁ、いくつも可能性を考えて、少しは調べておくのが、僕の役目ですから。たまたまです」

レジスは猫背で頭を下げがちだ。軍人らしからぬ仕草《しぐさ》に、貴族の女性たちから控えめな笑い声がもれる。

しかし、大貴族の男性だと、軍隊を指揮した経験のある者も多い。レジスの言葉に、感嘆の吐息をつく者もいた。

〝北部戦線を支えるヴォルクス要塞を拠点とし、東部戦線に分隊を派兵している第四軍に、南部戦線への派兵が命じられる〟これを可能性として考え、下調べまでしておく者など、彼らの幕僚《ばくりょう》にいなかった。

忠誠心の高い者でも、普通は命令を待っているばかりだし、積極的な者でも司令官の思惑を想像するのが精一杯だろう。

現場を知っている将官ほど、この気弱そうな青年の底知れなさに息を呑んだ。

レジスは語る。

「エトルリア軍はクレナ大河を渡りました。帝都に届いてる情報からすると、兵数二万ですが、渡河後に増援があると考えるのが妥当でしょう……今から援軍を出しても、南部拠点のセンビオーネ市がどうなっているか、という戦況です。調査している猶予はありません。ですが、劣勢の原因は兵数だけではない、と資料を見れば推測ができます」

「…………」

ラトレイユも貴族たちも、黙って聞いていた。

以前ならば、〝ごちゃごちゃと言い訳をして南部行きが嫌なのか⁉〟と相手にしてもらえなかっただろう。

度重なる戦功が、レジスの評価を上げ、発言の重さを増している。

内容よりも発言者によって意見の軽重が変わるのは、レジスの嫌うところだったが、貴族の多くは権威主義的だし、軍組織とはそういうものだった。

「第六軍の司令官は中将、第八軍の司令官も中将です。戦果も戦力も同程度なので、そこに不自然はありませんが、指揮権が統合されねば将兵が混乱し、協調できないのは当然のことかと」

「ふむ……もともと、南方は第六軍が支えていた。敵が勢力を増したゆえ、昨年のうちに第八軍を派兵したが、指揮権は古参の第六軍と明言してある。統合はされているはずだが？」

「もしも、第八軍の司令官が、陛下ほど優秀ならば、問題なかったのでしょう」

「フッ……世辞か？」

「いえ、中将ほどの将官であろうと、御自身とは違うことを認識していただきたい、という話です」

「ほう？」

ラトレイユが身を乗り出した。

小銃を持ったジェルマンが嫌そうな顔をするが、中断はできない。

レジスは続ける。

「指揮官は戦地で難しい判断を強いられる。どちらが正解かわからない状況で決断しなければなりません――果たして、第六軍の司令官は信用に値するでしょうか？　彼は、充分な戦力を与えられながら、戦線を後退させています。それが総司令であれば、第八軍の指揮官が不信感を持つのは仕方がないでしょう」

「従わなければ、軍規に反する」

「はい。従いつつも、できるだけ損失が増えないよう腰が引けます。そうなってしまうと、敵と戦っているのか、命令と戦っているのか……」

「帝国軍が、そのような弱兵だと言うのか？」

「陛下には経験が足りません」

「ほう！　言うてくれたな、レジス殿。余は無数の戦場を経験しておるぞ？　宮殿から指示を出していただけではない！」

「……いいえ、残念ながら……陛下には〝優秀で絶対の指揮官が不在の戦場〟の経験が足りないのです」

「むっ」

「陛下が陛下であるかぎり、そうした戦場は経験できませんから」

「……なる……ほどな」

ジェルマンが苦言を呈する。

「レジス殿のおっしゃりようは、ごもっともです。なれど、第六軍も第八軍も司令官は歴戦の猛将。無礼《ぶれい》ではありませんか？」

「戦地からの報告書を読みました。地の利は帝国にあり、敵軍は多くない……第六軍と第八軍のどちらかの司令官が、陛下ほど優秀であれば、戦線が後退して支援を必要とするなど、ありえません」

「どうでしょうな？　敵の司令官が有能なのでは？」

「相対的には、そういうことになりますが……だとすれば、やはり相対的に両軍の司令官には任せておけない、と」

「むむ……」

ラトレイユが二人の論争を止める。

「よくわかった。レジス殿は南部戦線の将官に疑問を感じておるわけか」

「……申し訳ありませんが、そうですね」

貴族のなかから「無礼な」と声が聞こえた。

第六軍の司令官は、中央大貴族の出身だ。この中には、近しい者もいる。

実力不足と言われて腹を立てたが、高く評価されているレジスに強く言えず、野次《やじ》を飛ばしたらしい。

――まぁ、どうせ中央の大貴族には嫌われてるだろうし。

そうレジスは割り切っていたが、アルティーナが野次のしたほうを睨んだ。叱りつける。

「こそこそ隠れて文句を言うほど無礼じゃないのよ！　出てきなさい！」

あわわ……と慌ててレジスは止《と》めた。

気持ちは嬉しいが、話がややこしくなる。

ラトレイユが苦笑した。

「諸侯の前ゆえ、率直には言いにくいか、レジス殿。ならば、余も卿の言いたいことを推測しよう――アルジェンティーナを南部戦線の総司令にせよ、と？」

レジスは目を閉じる。

「……御心のままに」

アルティーナが片手を挙げた。

「なんでもいいわ。レジスがやりやすいなら、勝てるわよ」

「ひ、姫様……」

ラトレイユが苦笑いする。

「軍師は軍師だ、司令官は其方であるぞ？　まぁ、よい……ちょうど余が総督《そうとく》を退《しりぞ》き、軍を再編せねばならぬと思っていたところだ。北方、東方、南方に部隊を分けておいて中将というのも妙な話……」

今度は、ジェルマンが先ほどのレジスのように慌てた。

「陛下⁉　それは早すぎるのでは……⁉」

「よい……以前から考えてはいたことではあるしな」

ラトレイユが壇の前のほうへと出てきた。

アルティーナを見下ろして言う。

「将官は一つの軍団を与えられ、それを指揮することを求められる。それ以上の規模を仕切るのは軍務省の役目だが、いささか物足りぬ。先の戦でも、この局面でも……充分な働きができていない。変革が必要だ。しかし、戦局は待ってくれぬ」

「わかってるわよ。それで？　レジスもあなたも話が回りくどいのよね」

「アルジェンティーナが性急すぎるのだ。聞け――帝国軍において、多方面の部隊を指揮する権限が与えられるならば、その肩書きは二つ。一つは総督であり、皇帝の代理だ。余はこれを廃する」

ラトレイユが戦地に出られるのだから、総督を廃するのは当然だ。全軍の指揮権を委任する必要はない。

「故に、もう一つ――」

ここまで聞いて、貴族たちがざわめきだした。

レジスも鼓動が速まるのを感じる。

アルティーナだけは平然と、ラトレイユの言葉を待っていた。

「なに？」

「其方を帝国元帥《げんすい》に任ずる。余の片腕として軍を統率し、ことごとく勝利するがよい」

うおおおおー⁉　と貴族のうち軍経験のある男性たちが、驚愕の声を上げる。

レジスでさえ驚きに目を見開いた。

――まさか！　そこまでの権限を与えるなんて！

アルティーナが首をかしげる。

「え？　ゲンスイ？」

歴史的な肩書きを与えられた当人は、いまいち理解していなかった。

第三章◆南へ

アルティーナが先に立って祝宴《しゅくえん》の会場を出た。

レジスは後を追いかける。

「やれやれ……とんでもないことになったな」

「南方って、そんなに大変なとこなの？」

「そりゃ、簡単ではないだろうね、戦況は劣勢という話だし。でも、それも大変だけど……元帥《げんすい》だよ。とんでもないことになった」

アルティーナが首をかしげた。

「大将《たいしょう》の上の階級でしょ？　それくらい知ってるわよ。なにが大変なの？」

レジスはため息をつく。

「私欲《しよく》がないのは美徳だけど、関心がないのは違うからね……？」

「う、うん……」

昔なら反発していたかもしれないが、今の彼女は学ぶことの必要性を理解していた。

緑色の絨毯《じゅうたん》が敷かれた廊下《ろうか》を歩きながら、レジスは話す。

「とはいえ、長らくベルガリア帝国には元帥が任じられてこなかった。制度上だけの存在だったから知らなくても無理はないか」

「あたしは悪くなかったのね！」

「うーん……将官なら、知っててもいいと思うけど……まぁ、戦続《いくさ》きだったし、仕方ないとしよう。僕の落ち度でもあるし」

「そうなの？」

「……まさか元帥杖《じょう》が与えられると思っていなかったから、とくに話題にしたこともなかった」

「元帥杖って、これのことよね？」

地位の証としてラトレイユから与えられた指揮杖を、ひょいひょいとアルティーナが振った。

素材は黄金で、精緻《せいち》な意匠《いしょう》が凝《こ》らされている。端々《はしばし》に宝石が埋めこまれていた。

レジスは気が気ではない。

「それ宝物庫から出されたのは、二百年ぶりなんだよ？」

「ふーん？」

「ことによると、さっきの会場に飾《かざ》られてた名画より高価な芸術品なんだけど……」

「うええっ⁉」

　驚いたアルティーナが、元帥杖を取り落としそうになった。あやういところで、掴み直す。

　レジスは心臓が止まるかと思った。

「……ッ⁉」

「あはは……あぶなー。んもう、ビックリさせないでよ、レジスってば」

「僕の寿命が三年は縮んだよ。国宝で遊ばないでくれ」

「こんなもんが、国庫に影響するくらい価値があるなんて……」

　――君がいつも振り回してる宝剣は、もっと価値があるんだけどね？　と思ったが、今後の使い方に影響しそうなので、黙っておいた。

　何があったのか、アルティーナに少し変化が感じられる。

　以前は、贅沢《ぜいたく》こそ好まないものの、金銭的な価値には頓着《とんちゃく》しなかった。今はお金の大切さを理解している様子だ。

「……ともかく、元帥杖の価値もさることながら、与えられる権限の大きさが途方もないんだよ」

「多方面の部隊を指揮してどうこうって、ラトレイユが言ってたわね」

　皇帝の勅命《ちょくめい》を〝どうこう〟って……

「……元帥は、複数の部隊を編制し、指揮することができるんだ。軍事的な権限においては、ほぼ無制限と言っていい。総督《そうとく》と違うのは、外交権がないから開戦や和平交渉ができないことかな」

元帥は将官の最高位となる。

アルティーナが難しそうな顔をした。

「……編制？」

「元帥は元帥府を開くことができる。元帥府には将官を招くことができ、所属する将兵に対し、階級や報酬や雇用《こよう》の決定権を持っている。君が望むなら、部下の待遇と権限を変更できるんだ。もちろん、その配属先も自由にできる」

与えられた権限の大きさに、さすがの彼女も気付いたらしい。

「え？　え？　そういうのって軍務省がやるんじゃないの？　おかしくない⁉」

「ラトレイユ陛下が言ってたじゃないか。軍務省の働きが不足してるって……事実上、軍務省は解体されると思う」

「なんで⁉」

「君も憤《いきどお》ってただろう？　ハイブリタニア三万に対して、ベルガリアは多くの損害を出した」

「うん」

「開戦準備で大きく差をつけられたせいだ。軍務省は責任を取るのが当然だよ。でも体制がそのままでは、首を挿《す》げ替《か》えても改善しない、とラトレイユ陛下は判断したんだろうね」

「つ、つまり？」

「皇帝陛下と元帥である君が、軍務省に代わり、全軍を差配する立場になる——ということだよ」

他にも元帥を任命する可能性もあるが、今の帝国軍の戦力的に難しいだろう。形骸《けいがい》化《か》した軍務省を残すのか、完全に解体するのかはわからなかった。そのあたりは、ベイラール大臣の意向も絡《から》む。

アルティーナが、ぽかーんと口を開けていた。

「……バ……バッカじゃないの⁉　急にそんなこと言われても⁉」

「その反応は、元帥杖を受け取る前に欲しかったな。まぁ、なんにしても受諾《じゅだく》するしかない」

「あ、そうよね。あたしは、もう皇女という立場には意味がないんだから、軍人として出世しないと」

「……うん」

「そういう意味では、よかったじゃない？」

アルティーナが笑みをこぼす。

レジスは曖昧《あいまい》にうなずいた。

†

宮殿を出る。門の外は記者や民衆でいっぱいだから、馬車を使った。

街は祝祭の真っ最中だ。おそらく一週間は続くだろう。

事前に御者《ぎよしや》に伝えておいたとおり、大通りを避けつつ帝都を半周して、とある邸宅に向かった。

ティラソラヴェルデ家別邸——

他の貴族たちや帝国第一軍と折り合いが悪いため、アルティーナに近しい者たちは、宮殿ではなくここに間借りしている。

第四軍の重装歩兵が門を固め、まるで戦場の本陣のようだった。庭に部隊旗まで立てている。

レジスとアルティーナは馬車から降りた。

使用人たちが列を作り、出迎える。

玄関扉が開けられ、廊下の奥から貴族令嬢が現れた。ファンリィーヌだ。

「お疲れ様でした、アルジェンティーナ殿下《でんか》、レジス様」

「あなたもね」

「ありがとうございます。でも、わたくしは式典だけで、祝宴には出席しませんでしたから。祖父は出席していたはずですが」

「南部貴族は半分くらいが欠席したみたいね。せっかく支持してくれたのに、あたしが継承争いに負けちゃったせいか……」

「仕方ありません。予想していたよりも、先帝の崩御《ほうぎょ》が早かったですから」

「ラトレイユから変な要求はされてない？　大丈夫？」

「そのあたりは、わたくしでは何とも……それよりも、元帥への就任《しゅうにん》、おめでとうございます」

「あら、もう知ってるの？」

「もちろんです！　社交界では〝噂話は妖精が運ぶ〟と言われるほどですもの」

おそらく、レジスたちの馬車が人混みで動けないでいるうちに、宴席に出席していた貴族が使用人を走らせたのだろう。

ティラソラヴェルデ家は南部貴族の取りまとめ役で、帝都にも充実した情報網を持っていた。

ファンリィーヌが別邸の奥へと手を向ける。

「宮殿の祝宴には遠く及びませんが、ささやかなお祝いの席を用意させていただきました。よろしければ、ゆっくりお食事でもいかがでしょうか？」

アルティーナが両手を合わせる。

「いいわね！　朝から、ろくに時間が取れなくて、もうお腹がぺっこぺこだわ！」

「ふふ……よかったです」

「着替えてから食堂に行くわね！」

「はい」

ファンリィーヌの後ろに、メイドのクラリスが待っている。アルティーナから手荷物を受け取った。

「……お帰りなさいませ、姫さま」

「剣の稽古《けいこ》よりもずっと疲れたわ。着替えるから、手伝ってちょうだい」

黙ってお辞儀《じぎ》する。

他人がいるときのクラリスは、にこりともせず平坦にしゃべり、感情というものが感じられなかった。

ここの使用人たちが、ちょっと不気味《ぶきみ》そうにしているほどだ。

レジスと視線が交わったが、会話することはなかった。

昨日、久しぶりに顔を合わせたが、それからも忙しすぎて、クラリスと話す時間は作れていない。彼女は皇女付きのメイドで、レジスは軍師だ。話しかける理由を見つけられないでいるのだった。

ファンリィーヌが声をかけてくる。

「さあさ、レジス様も」

「もしかして、お祝いの席に、僕も？」

「もちろんです！　とうとう一等文官に昇進なさったではありませんか。武官より出世しにくい文官ですから、その若さで一等文官なんて、聞いたことがありません。素晴らしいですわ！」

「うーん……僕のは、ラトレイユ陛下が戦功を評価した結果だから、文官としての昇進と思っていいのかどうか……」

「そのような細かいことを気にするものではありません。どういう形であれ、働きが認められて出世したのですから。ささ、濡れた服のままではお風邪《かぜ》をひいてしまいます。お召《め》し物を替えましょう」

「ああ」

「わたくし、お手伝いいたしますわ」

「いやいやいや……」

レジスはやんわりと彼女の申し出を断ると、逃げるように階段を上った。借りている部屋は三階にある。

　途中で、エディと会った。

「よお、レジス！」

「あ、これは、エディ卿《きょう》」

「なんだよ、レジス。もう同じ立場じゃないか、気楽に話そうぜ」

「えっ？」

「俺は一等武官、レジスは一等文官になったんだろ」

「そうですが……僕は騎士爵《きししゃく》で、エディ卿は公爵ですから」

「つまらんことを気にするヤツだなー。じゃあ、戦地では同等の階級ってことで」

「いきなりですね」

「レジスは、アルジェンティーナとは普通に話してるじゃんか。俺は友達が少ないからさ。ラトレイユさんは遠い人になっちゃったしなぁ」

　昔、彼らは友人と言っていい仲だったらしい。一緒に剣の稽古をしたり、馬術を習ったりしたのだとか。

　今のエディは第一皇子《オーギュスト》の護衛官で、第四皇女《アルジェンティーナ》陣営の一員だった。もう友人として会うことは難しいだろう。

　考えてみると――第四軍は社交界から距離を置いている。公爵で一等武官のエディを友人と呼べるような者は、ほとんどいなかった。

「……それで僕なんですか？」

「フェリシアはレジスのこと〝いい友人〟と言ってたぞ？　なら、俺とも友人であるべきだ」

「僕としては、第五皇女殿下《フェリシア》と友人だなんて恐れ多いんですが……」

「チェスで圧倒的に負けた、って喜んでたよ。ぜんぜん手加減しないとこが気に入ったらしいな」

「あ、あのときは……」

建国記念祭の直後で、いろいろ事務が溜まっており、チェスをしつつ考え事をしていたのだ。気付いたら数手で勝ってしまっていた。

喜んでくれたのはいいが、皇族の友人というのは、身に余る扱いだと思う。

まあまあ、とエディが気さくに肩を叩いてくる。

「仲良くやろうぜ」

このうえ公爵の友人だなんて、元平民のレジスには荷が重いのだが……拒否するのも失礼か。

「……努力はします」

「よろしくな」

エディが話題を転じる。

「そういや、祝宴はどうだった？」

「豪華でしたよ。軍資金を集めるために、美術品を売りに出すみたいで、美術展というか画商みたいになってたから」

「ははは……ラトレイユさんらしいな。美術品を宝物庫にしまっておくのは罪悪だって口癖でさ」

「皇族らしからぬ意見ですね……もしかして、従姉《いとこ》の影響ですか？」

エディの表情から、笑みが消える。

「……ベアトリーチェか。そうだろうな……ほんと、レジスは何でも詳しいな」

ため息まじりだった。

詳しくは知らない。ベアトリーチェという名前には覚えがなかった。忘れているのか、無名の人物か。

気になったが、廊下での立ち話だ。中途半端に踏みこむのは、やめておいたほうが無《ぶ》難《なん》だろう。

「その話は、またの機会に」

「ああ……そうだな……待たせてるみたいだし」

「じゃあ、僕は着替えてくるので」

「おう、あとで食堂でな」

レジスはエディと別れ、自室へと戻った。

†

着替えを済ませる。

結局、いつもの第四軍の制服にした。

これが着慣れているからだ。借り物の服で過ごしたのは一ヵ月に満たなかったが、妙に懐《なつ》かしい気分だった。

トントン、とドアがノックされる。

「どうぞ？」

「よお、レジス。ちょっといいか？」

入ってきたのは、第三皇子バスティアンだった。

一緒に、エリーゼも。

「式典、お疲れ様だったのですよ、レジス卿。そして、アルジェンティーナ殿下が元帥に就任されたとか。ご武運を祈らせていただくのです」

このハイブリタニア王国出身だという少女は、ときどき妙に気高い雰囲気を纏《まと》うのだった。

背格好は普通の令嬢なのに、堂々とした姿勢や言い回しのせいか、姿勢を正すべき気分にさせられる。

バスティアンが苦笑した。

「南部に行くんだって？」

「はい」

「そっかー……すまねえけど、俺は帝都に残るよ。まだ、やるべきことがあるっていうか、ブールジーヌ先生に学ばなきゃならねえから」

「わかりました。そもそも、皇子は軍人ではありませんから、戦地に向かう理由がありませんよ」

「アルジェンティーナと力を合わせるべきだとは思ってるけど……今だと、レジスの言葉を丸々信じこんで、自分で考えずに行動しちまいそうだ」

「扇動《せんどう》するつもりはないんですが……」

「わかってる。ただ、俺が勉強不足ってだけさ」

「……がんばってください」

「おう！　未来の最高傑作のためにも、もっと勉強しねえとな！　あー、それはそうと——ちょっと頼まれてくれねえか？」

「なんですか？」

「このエリーゼを……南部にあるティラソラヴェルデ家の屋敷まで、連れて行ってほしいんだ」

「本家の屋敷まで？」

ぺこり、とエリーゼが頭を下げた。

「どうかお願いするです」

「ま、待ってください。どういうことですか？　だって、お二人は……」

ぱたぱた、と彼女が両手を横に振る。

「なにを言ってるですか、レジス卿⁉　私とバスティアンは、ぜんぜんちっともまったく深い仲ではないのですよ⁉」

顔が真っ赤だった。

恥ずかしがっての言葉だろうが、バスティアンがうなだれる。

「お、おう……」

レジスは首をかしげた。

「他ならぬ第三皇子からの依頼とあれば、要人護衛は帝国軍の任務の一つですが……どうしたのですか？　戦地である南部に向かうなんて」

言い淀《よど》んだエリーゼの代わりに、バスティアンが口を開く。

「すまねえ。理由は聞かないでくれ。でも絶対にエリーゼをティラソラヴェルデ家の屋敷に届けなきゃならないんだ」

「……なるほど」

「本当は俺が付き添いたいんだが……」

ぐっ、と彼が拳《こぶし》を握《にぎ》る。

エリーゼが首を横に振った。

「ダメなのです……バスティアンには、これまで何度も助けてもらいました。そして、今の貴方《あなた》に必要なのは学習です。南部に同行してもらったら、きっと海の向こうまで付いてきてしまうでしょう？　私は貴方の人生にとって一番大切な時間を奪いたくないのですよ」

静かな口調だったが、毅然《きぜん》とした態度だった。

バスティアンが唇《くちびる》を噛《か》む。

「……わかってるさ。何度も何度も話し合ったもんな」

「いい子なのです」

外見は少女のほうが年下なのに、まるで姉か母親のようだった。

「……絶対、会いに行く」

「待っています。私も、私のやるべきことをして」

「そのときは、俺の最高傑作を読ませるからな」

「う……憂鬱《ゆううつ》ですが、覚悟しておくです」

「面白いって！　抱腹絶倒《ほうふくぜっとう》のラブロマンスとか書いてやるから！」

ラブロマンスなのに、腹を抱えてひっくり返るほど大笑いさせてはマズイのではないか？　とレジスは思ったが、口を挟まずにおく。

二人の会話から、おおよそエリーゼの素性《すじょう》に察しがついた。この時期に海を渡る理由も想像できる。

エリーゼがレジスに向き直った。

「守って貰《もら》う以上は、打ち明けておこうと思うですが……」

「いえ……僕の立場的に、貴女《あなた》様は〃ハイブリタニア王国からの留学生エリーゼさん〃のほうが都合がいいので」

「え？」

「こんな僕ですが――今は元帥府の軍師になってしまいましたから……これって軍務省大臣補佐くらいの地位なんです」

「アルジェンティーナ殿下が元帥府を開かれたから、そうなるですね」

「だから、知っていて隠すのは国家への重大な背任です。しかし、気付かなかったのなら、仕方ありません」

すよ」

「なんせ僕は、みんなが言うほど優秀ではありませんからね。気付かないことばかりで

「レジス卿……」

あはは、とレジスは笑った。

深々とエリーゼが頭を下げる。

「私自身と、私の背負う全てを代表し、感謝を捧《ささ》げるです」

バスティアンが右手を差し出してきた。

「ありがとうな、レジス」

「大切な人と離れる気持ち……僕は理解しているつもりです。必ず無事に届けます」

不遜《ふそん》ではないかと迷ったが、彼の信頼に応える意志を示すため、差し出された右手を握った。

バスティアンの瞳《ひとみ》が潤む。肩が震えた。

「た、頼む……くっ……うぅぅ！」

「痛たたたたた⁉」

「おおう、悪い！　つい力んじまった」

「手が砕《くだ》けるかと思いましたよ……」

少し赤くなった右手を振る。

バスティアンの力が強すぎるのか、レジスが弱すぎるのか。おそらく、その両方だろう。

くすくす、とエリーゼが笑みをこぼす。

そんな彼女の目尻にも、透明な雫《しずく》が浮かんでいた。

†

残された時間を二人だけで過ごしたいと、バスティアンとエリーゼは会食に参加せず、この別邸を辞した。

第四皇女派《アルジェンティーナ》だと表明したことで、宮殿には居場所がないので、今は祖父ベルジュラック侯爵のところへ身を寄せているらしい。

レジスは出兵の日取りが決まったら遣《つか》いを出すことを約束した。

部屋から、足早に食堂へ向かう。

遅くなってしまった。

廊下の扉の一つが開く。

その内側から、ぬうっと伸びてきた白くて細い手が、レジスの服の袖を摑んだ。

「えっ？」

細腕からは想像もつかないような強い力で、レジスは部屋の中へと引きずり込まれてしまう。

「うわあっ⁉」

床の上に転がされた。ドアが閉じられる。

——なにが起きたんだ⁉

小さな部屋だった。

客の使用人を泊めたり、荷物を置いたりしておく部屋だ。

レジスの身動きを封じるように、何者かが上に乗っかってきた。

思ったより、軽い。

「騒がないでちょうだい」

女の声だった。

落ち着いて相手を見ると——

肌が白く、髪の色が薄い、華奢《きゃしゃ》な女性だった。

「……イェシカさん⁉」

「静かに」

「ど、どうして、こんな？」

今の彼女は貴族令嬢のような格好をしている。白を基調としたドレスが、よく似合っていた。

この別邸であれば、悪目立ちしない容姿だろう。その美貌《びぼう》が、男性の目を引くことはあるかもしれないが……。

第四軍には、イェシカの素性は明かしており、今は味方になっていることも伝えてあった。こんな強引に、人目を忍んでレジスと会う理由がわからない。

イェシカがため息をついた。

「第四軍の兵士が、周りをうろついてるでしょ」

「う、うん」

「……私が《吊られた狐《ルナルパンドウ》》であることは、知られてるわ」

昨日、帝都近郊に布陣していた第四軍に、傭兵《ようへい》団の助力を得て合流した。おかげで、第一軍との衝突を阻止できたわけだ。

「味方になったことも、よく説明したじゃないか？　本当に理解してるし、感謝してると思う」

「そ？　でも内心ではどうかしら？　もっと前のことを思い出してみなさい。負けたけども《吊られた狐《ルナルパンドウ》》は西ラフレンジュ丘陵で、大勢の帝国兵を殺しているわ」

「……うん」

レジスが霧《きり》を作って、ハイブリタニア軍の補給部隊を壊滅《かいめつ》させたときの戦《いくさ》だ。

第四軍が勝ったものの、予想以上に大勢の死者を出してしまった。あのときは本陣を急襲されたのも、よく覚えている。

イェシカが廊下のほうを睨《にら》んだ。

重い足音が、ドアの向こうを通過した。

「……私は……貴方ほど他人を信用していないの。隙《すき》を見せれば、恨みを晴らすために斬られる可能性はあるでしょ」

「ここの警備には、古参の正規兵を選んでる。理性的な兵たちだよ」

「そんな甘い期待を抱いて、吊《つ》るされた傭兵なんて山ほど見てきたわ。傭兵は白旗を揚げたり、負傷兵の振りをしたりして、敵の油断を誘うこともある。騙《だま》し討《う》ちをするぶん、騙し討ちをされる警戒を怠らないのよ」

「なるほど」

「例えば、今、私が貴方に刃物を突きつけたら？　皇女に、軍師と兄様との交換を迫ったら、話が早いと思わない？」

「……ギルベルトさんは解放されるだろうね。でもその後はどうするんだい？　前も言ったけど――ベルガリア帝国から追われ、近隣諸国の評価は低いままだ。あまりに苦しい再出発になるんじゃないかな？　それを君は知っているはずだよ」

「そう。だから、貴方と個人的に協力関係まで結んだの」

「よかった。それを覚えてるなら、そろそろ上からどいてもらえると嬉しいな」

重くはないが落ち着かない。

じんわりとイェシカの体温が伝わってくる。

そうでなくても、強気な女性に押さえこまれるのは、過去のトラウマが刺激され、冷や汗が出てくるのに。

「……貴方こそ覚えているのかしら？　南方に行くですって？　どうなっているの？　兄様がいるのは、ヴォルクス要塞《ようさい》でしょ⁉」

イェシカの声に苛立ちの成分が含まれていた。

いつもクールで感情を見せない彼女にしては珍しい。

ふむふむ、とレジスは考える。

《吊られた狐《ルナルパンドゥ》》の残党は七〇〇か。ヴォルクス要塞に囚《とら》われているギルベルトさんを救出できる人数じゃない。だから、最初は僕を人質にしようとした。しかし、後々を考えると、協力したほうがいいという判断をしたよね」

「ええ……ただし、兄様を救出できるならよ？」

「急ぎすぎてないかな？」

「貴方に、どう見えてるかわからないけれど、もう団員たちの精神は限界なの。今は兄様の救出に近付いてると思ってるから、我慢してる……でも、上品な振る舞いのできない者たちよ。帝国兵に囲まれて、帝都近郊でテント暮らしなんて、首を縄で括《くく》られて崖の上を歩かされているような緊張状態だわ」

「……そこまでか」

「みんな、帝国兵なんか信用してない。いつ後ろから攻撃されるかわからないと警戒してる」

イェシカが衣服のどこからか、小さな刃物を取り出した。普通のドレスに見えるのに、どこに隠していたのか。

その刃物をレジスの首筋へと押しつけてきた。

「答えてちょうだい、レジス・ドゥ・オーリック……私を騙したの？」

「とんでもない」

「でも、南方へ向かうのでしょう？」

「……君が、そこまで追い詰められているとは思ってなかった。期待に応えられるよう、手を打つよ」

「また口約束を？」

「事態が急変したのは、昨日の今日じゃないか」

「オーリック卿が帝都で暗躍《あんやく》している間、ずっと待たされたのよ。そして、フランツィスカが負傷したわ。銅貨一枚も払わず、どこまで従わせる気かしら？」

「……言われてみれば、怒るのも無理はないね。僕が悪かった」

ラトレイユに暗殺されるところを助けてもらい、捜索《そうさく》を逃れるため山越えをして帝都まで戻ってきた。

水も食料も寝袋も用意してもらい、護衛もしてもらい、昨日は臨戦態勢にある第四軍まで駆けるという危険まで冒してもらって。

帝国軍の兵隊ならば給料が支払われているから、状況が落ち着いてから、戦功に応じて賞与や昇格があればいい。

しかし、傭兵は報酬で動くものだ。半額くらいは前金で渡すのが普通だった。

レジスは困る。

「……わかってはいるんだけど、今すぐ君たちが納得するだけの金額を払うのは、難しいんだ。第四軍は資金不足だからね。元帥府の支度金がもらえる予定だけど、早くても来月になる」

「まだ待て、と言うの？」

「……信じてもらうしかないけど、僕だって何もしていないわけじゃないんだよ？　君たちも南方に行くって言うさ」

「理由は？」

首筋に押しつけられた刃物が冷たい。

ぐぐっ、とイェシカが顔を近づけてきた。

綺麗な女性だと思う。いつもは何を考えているかわかりにくいが、今は感情的になっている様子だった。

「……もっと早く言っておけばよかったね……姫様に事情を話したんだ。僕を助けてくれた恩に報いて、ギルベルトさんの解放を認めてくれたよ」

彼女が目を見開いた。

「そ、それは本当⁉」

「……繰り返すけど……言葉を信じてもらうしかない」

証文などは作っていない。

イェシカが不機嫌そうな顔をした。

「どうして、そういう大切なことを決めたとき形にしていないの？　それとも、兄様の処遇など重要ではないと？」

「君は、傭兵王と話し合って、今後の方針を決めたとして……それをいつも明文化するのかい？」

「……必要ないわ」

「そういうことだよ」

イェシカが刃物を引いた。

やっと、上からどいてくれる。

冷や汗をぬぐいつつ、レジスは立ち上がった。自分の首筋をなでる。

「本当に切られるかと思った」

「……これ偽物よ」

「えっ⁉」

イェシカが小さな刃物を自身の手に押しつけた。

血の一滴も出ない。

「私、刃物の扱いは苦手なの。間違って刺してしまったら、困るでしょう？」

「……もしかして、感情的になってたのも演技だったのかい？」

「ご想像にお任せするわ」

いつものクールな彼女だった。

やれやれ、とレジスはため息をつく。

「ギルベルトさんには手紙を出すよ。解放は約束するけど、その後の身の振り方は、彼の判断だ。こちらに合流するかはわからないよ？」

「……そうね」

「僕としては、力を貸してもらえることを期待してるけどね。だから、南方に来てくれるよう、依頼も添える」

配下に入るかはわからないので、命令ではなく依頼にしていた。ギルベルトは敗者の評をくつがえす機会を欲しているだろう。それには、南部戦線が好都合なはずだった。

イェシカが乱れたドレスを整える。

一応は信じてもらえたようだ。

「兄様のこと、本当だとわかれば、感謝するわ……。私との契約も忘れないでね？」

彼女から個人的な協力を得る代わり、後日《吊られた狐《ルナルパンドゥ》》傭兵団への物資提供を約束していた。

「もちろん約束は守るよ。ところで、君も会食に？」

「オーリック卿……お貴族様が、傭兵なんぞを食堂に招くなんて、ありえないのよ？」

「そうかな？」

「呼ばれても居心地《いごこち》が悪いだけよ、お断りね」

「無理強いはしないよ」

イェシカが早く出て行けとばかりに、ドアを指さす。

「……なにより、貴方と一緒に食堂へ行って、アルジェンティーナ皇女の嫉妬《しっと》を買うなんて割に合わないわ」

†

着替えるだけのつもりが、ずいぶん時間がかかってしまった。

食堂へ顔を出す。

広々とした凝った意匠の部屋に、飴色の長テーブルが置かれていた。壁際《かべぎわ》には美術品と使用人が並んでいる。

長テーブルの一番奥の席に、アルティーナが座っていた。

もう始めているかと思いきや、まだ食事も出されていない。テーブルのうえには、グラスとパンしかなかった。

アルティーナが声をあげる。

「やっと来たわね、レジス！」

「あ、あの……もしかして、待って……ました？」

「当然でしょ。これは、あたしとあなたのお祝いをする席なんだから」

「いやいやいや……皇族で元帥の姫様が、僕なんかを待つのは、当然ではないですよ」

「いいから、こっち来なさいって」

手招きされて、アルティーナの右隣の椅子へ座った。

レジスが敬語を使ったのは、見知らぬ相手も同席しているからだ。

アルティーナの後ろにエリックが立っていた。彼はレジスの提案を受けて護衛銃士になったらしい。今は屋内なので小銃は持たず、腰に長剣を吊るしていた。

エリックが笑みを浮かべて会釈する。

レジスの右隣の席には、この屋敷の主であるファンリィーヌが座っていた。

「シャンパンでいいですか、レジス様？」

「ありがとう」

彼女が目配せすると、ソムリエがグラスに透き通る金色の液体を注ぐ。細かな泡が躍った。

アルティーナの左側にはエディが座っている。屋内で護衛もいるせいか、帯剣していなかった。

その向こうには、騎士団長アビダルエヴラ。こちらは、今すぐにでも戦えそうな格好だ。帝都は敵地という意識があるのだろう。

アルティーナの正面――

長テーブルの反対側に、一人の男性が座っていた。歳は三十代前半か。

貴族らしい上品な服装の紳士で、赤茶色の髪を後ろに流し、まるで肖像画のように眉《まゆ》も口髭《くちひげ》も整えていた。

レジスと目が合うと、男が丁寧にお辞儀する。

「オーリック卿、此度《このたび》は一等文官への昇進、おめでとうございます」

「……ありがとうございます」

「お初にお目にかかります、ゴーヒェン伯爵と申します。ベイラール軍務省大臣の下で局長を務めております」

わたくしの上司ですの――とファンリィーヌが言い添えた。彼女は軍務省で事務官をしている。

局長というのは省内で、大勢に命令を出す立場だった。

三十代前半で伯爵という爵位を考えると、なかなか早い出世と言える。大貴族に縁故があるか、よほど優秀なのだろう。


――ファンリィーヌさんが呼んだのか。どういう目的で？

レジスが考えていたら、メイドたちが料理を運んできた。

アルティーナがグラスを持ち上げる。

「乾杯しましょ！」

会食の主催者であるファンリィーヌが応じた。

「アルジェンティーナ殿下の元帥就任と、レジス様の昇進を祝しまして」

乾杯の声が重なる。

レジスもグラスを掲《かか》げ、それからワインに口をつけた。

甘く、香り高く、舌の上で泡がはじける。賑《にぎ》やかな音楽が聞こえてきそうなシャンパンだった。

「ああ……いいね」

「当家自慢のシャンパンです。年に三〇本しか作りませんの」

「それは貴重なものを頂いたね」

ティラソラヴェルデ家はワイナリーも経営しており、そこのワインは高い評価を受けていた。

レジスは、ゴーヒェンに視線を戻す。

彼はもうグラスを空にしていた。

「素晴らしいワインですな。味も香りもいいが、なにより透明感が素晴らしい。組織も、こうありたいものです」

「……今は、透明ではありませんか？」

レジスの問いに、彼はうなずいた。

「本日の会食に、是非にと頼みこんで私が参加させていただいたのは、これから元帥府を開かれる殿下や幕僚《ばくりょう》の方々と、じっくり話してみたいとの思いでして」

　アルティーナが手をヒラヒラと振る。

「あたし、難しいことはレジスに任せてるから」

「ちょっ……姫様……」

「いろいろ学んでるけど、学べば学ぶほど、レジスはすごいって思うのよね。ちゃんと聞いておくけど、話し合いは任せるわ」

「……はぁ」

　運ばれてきた料理に、まっさきにエディがフォークを伸ばす。

「話は任せた。肉は任せろ！」

「あたしも食べるわよ！」

　取り合わなくても、食べきれないほど出てくるのだが。

　レジスは小さくため息をついた。あちらは気にしないようにする。

「……ゴーヒェン伯爵、今後の軍務省がどうなるか、ラトレイユ陛下の意向を知っていますか？」

「解体、という話は前々から出ておりました。先帝が崩御なされる前から」

「そんなに前から⁉」

「諜報《ちょうほう》にせよ、武具調達にせよ、他国に遅れつつあるのをラトレイユ陛下――当時は総督ですが、重く考えられていたようで」

「……その懸念《けねん》が、ハイブリタニアとの戦争で現実のものとなったわけですね」

「決断するに充分な損害を出しましたから」

「それにしても、解体ですか。名だけでも残すかと思いましたが……」

「ベイラール大臣は式典省に移られるのだとか」

「ふむ……とすると、ベルジュラック大臣は引退かな？」

「もう、ご高齢ですからな」

新皇帝即位の式典を仕切ってから引退というのは、歴代の式典省大臣のなかでも誉れ高いものだった。

第四皇女《アルジエンテイーナ》派の立場を取った第三皇子《バスティアン》の祖父というのも、影響しているかもしれない。

あえて口にはしなかったが。

「他の方々も？」

「大半は職を失うことになりそうです」

「え？　納得してるんでしょうか？」

ゴーヒェンが薄く笑った。

「ベイラール大臣ですら納得はしていないでしょう。軍務省に比べれば、式典省の権限は小さいですし、ラトレイユ陛下は式典規模の縮小を明言しておられます」

「事実上の左遷《させん》ですよね」

「はい。他の上級官吏《かんり》も……当然ながら」

「仕事を失うことに、納得はできないですか」

「彼らは、先人がやってきたのと同じように働いてきたのに、なぜ自分たちだけが？と憤っておりますな」

「自分たちに落ち度はない、と？」

「はい」

「ふーむ……たしかに過去数十年は、軍務省があれでも大きな破綻《はたん》はなかったですからね」

「百年続いたならば、もう百年続くと考えるのが普通のようで」

「今は、違う」

「東方からの技術が流入したことで、新しい素材が生まれ、新しい機構が発明され、軍事も産業も変革を迎えている。我々は歴史の転換期にいるのだと思います」

「同感です」

「オーリック卿は、このあとが、どんな時代になると思いますかな？」

「……ラトレイユ陛下は戦線の拡大をするでしょう。少なくとも、今年になって侵攻してきた、ハイブリタニア王国とゲルマニア連邦ランゴバルト王国には反攻すると思います。それと、南部もか」

「侵攻しますか……」

「帝国軍は新式小銃や大砲を量産し、戦争は大きく様相《ようそう》を変えるでしょうね。連発式の銃が造られれば、わずかな歩兵が、騎兵にも勝るでしょう」

このレジスの言葉に、騎士団を預かるアビダルエヴラが戸惑《とまど》ったような表情を浮かべる。

将来の話であり、対応できると思う——とレジスは付け加えた。

ゴーヒェンが首をかしげる。

「ベルガリア帝国が覇道を進む、と？」

「そういう時期があるのは、間違いありません」

「……その先は？」

レジスは彼の瞳を見つめる。

どこまで話すべきか。

信用できる人物なのか？　ファンリィーヌが会食に招くくらいだから、ラトレイユ派ではないだろうが……

アルティーナが肉をかじりながら言う。

「あいつが成功すると思ってたら、皇位継承権なんて争ってないのよ！」

言ってしまった。

レジスはため息まじりに。

「まぁ……そういうことですね。僕の未来予想は、陛下のとは少し違っています」

さすがに〝帝国軍は負けるだろう〟とは口にしなかった。

ゴーヒェンがうなずく。

「やはり、オーリック卿は他の軍人とは違いますな」

「自覚はあります。僕は剣も振れないし、馬にも乗れないし……」

「そういう意味では……とにかく、千思万考《せんしばんこう》の一端を伺《うかが》えて感服の至りです」

「本当に？」

彼は答えず、話題を変える。

「……私は伯爵家といっても田舎の貧乏貴族でして、省内では肩身が狭い。なにかと面倒を押しつけられておりましたが、おかげで多くの知見を得られました」

ファンリィーヌがうなずいた。

貴族の令嬢であるから、男性が政治の話をしているときに割って入ってくるような無作法はしない。

しかし、その表情からゴーヒェンの能力を認めていることは窺《うかが》えた。

解体される軍務省。

ベイラール大臣は式典省へ。

大半は失職。

今後についての見解を問う会話……

レジスはいくつかの可能性のなかから、ファンリィーヌの意図をたぐり寄せた。

「ふむ……元帥府では、今の軍務省がやっているような業務も行わなければなりませんね。しかし、第四軍には事務能力が圧倒的に足りていません」

「存じております」

「そのあたりの問題を……ゴーヒェン伯爵は解決できるのではありませんか？」

「はい。微力ながら」

ファンリィーヌは人手不足の第四軍を助けるため、解体される軍務省とパイプを繋いでくれたらしい。

とはいえ、ラトレイユが解体するほどの失態を見せた組織だ。全ての人材が有益《ゆうえき》とはいかない。

見極めが必要だった。

そして、レジスも見極めなければならない。ゴーヒェンが本当に有能なのか？　将来にわたってアルティーナの助けとなる人物なのか。

レジスは問う——

†

「ラトレイユ陛下にとって、アルジェンティーナ皇女と第四軍は、諸刃の剣と言えるでしょう。彼の覇権主義を推し進めるためには必要な戦力ですが、その思想は相容れず、反旗《はんき》を翻《ひるがえ》す可能性は捨てきれません」

もちろん、今の自分たちに叛意《はんい》などありませんが——とレジスは断言した。

アルティーナが言い添える。

「あたしは世界から戦争をなくしたいのであって、べつにラトレイユを打倒したいわけでも、内戦をやりたいわけでもないのよ」

「……とはいえ、飢《う》えた猟犬のごとく扱われているのは間違いないかと。先日も、あやうく内戦になるところでしたから」

「あいつが、ふざけた報告を送ってきたのが悪いのよ！」

「ちょっと強引でしたね」

結局、ラトレイユが総督として出した最後の書簡は、誤報の謝罪になってしまった。皇帝に即位したのだから、たいした意味はないが。

レジスは話を続ける。

「ラトレイユ陛下は、できれば第四軍の戦力を削《そ》いでおきたいと思っていたはずなんですよ。軍師の暗殺を企図したくらいですから」

「……やはり」

ゴーヒェンは驚いていなかった。

「知っていましたか？」

「噂《うわさ》にはなっておりました。攻城戦で勝利したのに、本陣で参謀長補佐だけ亡くなるなど……軍事に明るい者なら、邪推《じゃすい》して当然かと」

「まぁ、そうですね」

「オーリック卿は救国の英雄です。ご存命だったこと、大変に喜ばしい」

「……どうも。さてと、前置きが少し長くなりましたが、ゴーヒェン卿に質問があるんです」

「なんなりと」

彼が背筋を伸ばした。

アルティーナやエディも視線を向けてくる。

「……今回、ラトレイユ陛下は第四軍の戦力を削ぐどころか、歴史上でも希《まれ》なほどの権限を姫様に与えましたね。いかなる理由での心変わりだと思いますか？」

ゴーヒェンが顎に手を当てる。

「む……理由ですか……」

レジスはアビダルエヴラやエディに視線を向けた。

「他の方にも訊《き》いてみましょうか？」

先にアビダルエヴラが挙手する。

「軍師殿と敵対するのは危険だと判断し、待遇を良くすることで、反逆を防ごうと考えておられるのでは」

「懐柔《かいじゅう》ですか。為政者として、忠誠心を高めるために厚遇するのは妥当ですね。ただ、部下一人に白旗をあげるようでは、覇道は遠い。陛下は不屈の精神を体現したような御方です」

「お……なるほど、皇女殿下に媚《こ》びたとは思われたくないでしょうな」

次にエディが言う。

「必要だと思ったんじゃないか？　第四軍に北も東も南も任せて、自分は帝都を守りつつ、ハイブリタニアかランゴバルトを攻めようってんだろ？　軍務省が頼りにならないんだったら、もう元帥府を認めるしかないよな」

「……戦力を削ぐことに失敗したので、方針転換をして手駒《てごま》に。どうせ使うなら強い手駒がいいという考えですか」

「そうそう」

「いい線です。南方に向かった第四軍が、穂先を翻して帝都に攻めこむ可能性は捨てきれませんが、どういう対処を？」

「んー……まぁ、刃向かうヤツは、斬り捨てる的な？」

「内戦を覚悟の上ですか。やや強引ですね。もう一手、欲しいところです」

アルティーナが腰を浮かせた。

「しないわよ、内戦なんて！　しないわよね⁉」

「……もちろん。でも、今はラトレイユ陛下の考えを読み解こう、という試みですからね？」

「あいつは、あたしのことバカにしてんのよ。いつもいつも！　どんだけ兵を与えても、どうせ自分には勝てないとか思ってんだわ！」

「いやいや……」

さすがに実力を認めているだろう、とレジスは思う。

むしろ、認めていなければ、貴重な戦力と予算を預けるはずがなかった。

元帥となれば、帝国軍の半分近くを指揮することになる。大敗すれば、亡国の危機に陥《おちい》るのだった。

ファンリィーヌは答えない。

最後にゴーヒェンが挙手をした。

「南部戦線を含め、北と東を支えるのに、元帥の地位が必要というのは、事実かと思います。たとえ大将であろうと、第六軍や第八軍は従わないでしょう」

「僕も、そう思います」

昔、シエルク砦での話――

新任のアルティーナは少将で、それまで司令官だった黒騎士ジェロームは准将だった。

軍務省の命令もあり、階級も爵位も彼女のほうが上……

それでも、将も兵も従わなかった。

第四軍が南方に行っても、同じようなことが起きるだろう。今回は決闘している暇はない。

レジスの言葉に、アルティーナが拳を握りしめた。

笑顔のまま、ものすごい怒気を放つ。

「ふーん……軍務省の人は、ジェロームがあたしに従わないってわかってたわけね……グーでパンチしていい？」

ゴーヒェンがのけぞった。

「と、当時の人事に、私は絡んでおりませんので」

まあまあ……とレジスは彼女を落ち着かせる。

「軍務省といっても様々な仕事があるから……いや、ありますから。そして、元帥なら話は別なんです。従わないなら、第六軍や第八軍の司令官を解任すればいい」

「そんなこともできるの⁉」

アルティーナが目を丸くした。

レジスは肯定《こうてい》する。

「軍務省の人事がやっていたことなら、だいたいできると思ってください」

「ただし、司令官を解任した場合、部隊の中核となる貴族軍もいなくなってしまうでしょう」

ゴーヒェンが付け足し、アルティーナがうなずいた。

「そうなるのね。あ、バイルシュミット辺境連隊はジェロームの貴族軍だったわね」

「解任したら、猫の子一匹いなくなったかな」

レジスは肩をすくめる。

第六軍や第八軍は、貴族軍ばかりではないから兵は残るが、戦力的なことを考えたら安易な解任はできなかった。

「ふーん……でも決闘するよりは、解任できるほうがいいわね」

「はい」

ゴーヒェンとの会話に戻る。

「ラトレイユ陛下が必要に迫られて、姫様に元帥杖を渡したというのは正しい、と僕は思います」

おっしゃ！　とエディがガッツポーズをした。

しかし――とレジスは続ける。

「離反への対処をどう考えていると思いますか？」

ゴーヒェンの表情は落ち着いていた。

「ラトレイユ陛下は新式小銃の量産に着手しております。南部戦線が落ち着く頃には、あるていど配備が始まっているでしょう」

ただでさえ帝国最強と謳われる第一軍に、新式小銃が加わる。

アビダルエヴラがうめいた。

「た、戦いたくないですな……」

レジスも同感だ。

「そうですね。戦争の仕方が変わる時期だからこそ、ラトレイユ陛下は気前よく元帥杖を渡せたと思います」

アルティーナが首をかしげた。

「じゃあ、あたしの部隊も小銃を持ったら？」

「もちろん、ラトレイユ陛下は全軍に新式小銃や大砲を配備するでしょう。そうしなければ、近隣諸国を圧倒できませんから」

「んん？」

彼女が腑に落ちないのも当然だろう。

「わかりますよ、姫様。渡された小銃で反逆したら、武器の優位は消えますよね」

「そうそう！　やらないけど！　もしかして、あいつ、あたしのこと信じてくれてる？」

「ははは……まさか」

思わず笑ってしまった。

アルティーナが唇を尖《とが》らせる。

「むー」

「……ッ⁉」

皇女で元帥の発言を一笑に付《ふ》したものだから、これにはゴーヒェンが驚いていた。

おっとっとっ……。レジスは自分の口元を押さえた。

「ええっと、小銃というのは、今までの武器と大きく異なる点があります」

少し考えて、アルティーナが身を乗り出した。

「あ、補給ね！」

「そう！　すごい！　成長してる！」

「ふっふっふっ、もっと褒めていいのよ、レジス！」

エディが腕組みして、首をかしげた。

「ん？　補給？」

「銃で戦うには弾丸が必要なんです。そして、ラトレイユ陛下は弾丸の生産を一手に握るつもりだ」

「お、おう……そういうことか。わかったわかったなるほどなー」

うんうん、とエディがうなずく。

やや不安だが、先に進めることにした。

「ラトレイユ陛下は〝国から小銃や弾丸をもらわねば戦争ができない〟という状況にして、反乱を防止する気なんです。さらには、その先も見据えて」

その先——貴族軍の解体と、国軍化だ。

レジスは肩をすくめる。

「元帥杖だって、いずれ取り上げるつもりなら、気前よく渡す気にもなるでしょう」

そういうことなの⁉　とアルティーナが頰《ほお》を膨《ふく》らませた。

ゴーヒェンがため息をつく。

「……そこまで気付いている者は、軍務省にも貴族にも、ほとんどおりません。さすがですな」

「ゴーヒェン卿は察しておられたようで。他の貴族の方々に話したりは？」

「ふふ……貴族とは傲慢《ごうまん》なものです。世界が自分のためにあると考えて疑わない。新皇帝が自分の特権を奪うはずがない、と無垢《むく》な子供のように信じています。私が警告しても妄言《もうげん》と笑われるでしょう。根拠は――百年続いたのだから、また百年続くはず」

「道理ですね」

「滑稽《こっけい》ですな」

「……おそらく、軍務省の解体も、その布石《ふせき》でしょう」

軍務省の一番上は大臣であり、大貴族だ。小銃や弾丸に大貴族を関わらせたくないというのが、ラトレイユの本音だろう。

レジスは考える――ゴーヒェンの現状認識は、自分と大差ない。能力的には頼れる人物であろう。

「……最後に、一つだけ」

「なんなりと」

「ラトレイユ陛下の、例の噂について、ゴーヒェン卿の意見をお聞かせ願えますか？」

一瞬、彼が呼吸を止めた。

先帝弑逆《しぎゃく》の嫌疑《けんぎ》。

目の前にいる皇女は、元政敵とはいえ、現皇帝の妹である。迂闊《うかつ》に答えれば、反逆罪か不敬罪か。

レジスは無表情を貫き、ゴーヒェンを見つめる。

彼は口元を歪《ゆが》めた。

「……私が、宮殿の祝宴ではなく、この会食に出席していることを以て回答とは、いきませんか？」

レジスはアルティーナのほうを向く。

「姫様、僕はゴーヒェン卿を文官として元帥府に招くことを強くお薦《すす》めします。彼と彼の推挙《すいきょ》する者たちを」

「そう？　レジスが言うなら、いいと思うわ。ゴーヒェン卿、よろしく頼むわね！」

アルティーナが笑みを向けた。

彼は起立して完璧な敬礼をする。

「ありがたく、お受けいたします！　どうぞお任せを！」

ぽつり、とアルティーナが付け足す。

「ウチみたいな、休みのない部隊に来てくれる人がいるなんて、よかったわねー」

「……そういえば、労働条件を伝え忘れたな。ゴーヒェン卿、僕は去年末に配属されてから一度も休日をもらってないんですけど、大丈夫ですか？」

「ヒッ⁉」

終章◆南進

一週間後――

帝国暦八五一年八月二十日。

マリー・カトル・アルジェンティーナ元帥《げんすい》率《ひき》いる帝国第四軍は、帝都ヴェルセイユを出立《しゅったつ》した。

総数は八〇〇〇。

ヴォルクス要塞《ようさい》から連れてきた騎兵五〇〇、歩兵四〇〇〇の他に、新しく傭兵《ようへい》二〇〇〇と、南部出身の正規兵一五〇〇を加えていた。

街道に兵隊の列が伸びる。

レジスは白色の馬車に乗っていた。

「……ひさしぶりだね」

「本当です」

向かい側の席には、クラリスが座っている。

他には誰もいなかった。

アルティーナは愛馬カラカラに乗り、本陣の先頭に立っている。エディとエリックが、その左右を固めていた。

アビダルエヴラは隊列の先頭を行く騎士団を指揮している。

最後尾には《吊られた狐《ルナルバンドゥ》》傭兵団の姿があった。ただし、実はまだ契約に至っていない。

彼らはレジスの言葉を信じ、傭兵王ギルベルトが南方に来ると考え、同行しているに過ぎなかった。

たった一週間では、ヴォルクス要塞と手紙のやりとりはできない。レジスにも、ギルベルトへの提案の返事はわからなかった。彼は乗ってくれるだろうか。

団長代理のイェシカと、十歳の妹のマルティナが一緒だ。

フランツィスカは栄養失調気味だったせいか、まだ傷が癒《い》えておらず、帝都に残った。

バスティアンが世話をしてくれるらしい。

後方――

別の馬車を用意し、エリーゼを乗せていた。

戦場では、客人は後方へ。軍師は中央に留まるので――というのは表向きの言い訳だ。

エリーゼの素性《すじょう》を察したレジスは、周りに正体を気付かれないよう、彼女に余計な情報を与えないよう、隔離《かくり》していた。

クラリスが帝都のほうへ視線を向ける。

「ずいぶんと名残惜《なごりお》しそうでしたね」

「ん？　ああ、ファンリィーヌさんか。いろいろあったからね……」

レジスに同行したせいで、彼女も死にそうな目に遭《あ》った。暗殺されかけたり、兵士に剣を向けられたり、道もない山を何日も歩いたり。

なぜ、ファンリィーヌがレジスに愛想《あいそ》を尽《つ》かしていないのか？　それが一番の謎ではないか？

不思議だった。

クラリスが目を細める。

「そうですか、いろいろと」

「うん」

「女装なされたり？」

「ウッ……それは忘れてもらえると嬉しいんだけど」

「記憶というのは、より強い記憶に上書きされるそうですよ、レジスさん」

「クラリスさん、僕に何させる気だい？」

「メイド服なんていかがですか？」

「女装が趣味なわけじゃないんだよ」

「冗談です」

「ドレスも着ないよ」

そう返すつもりだったのか、クラリスが窓の外に視線を戻した。

「……残念です。用意しておきましたのに」

「用意したの⁉」

白色の馬車の屋根には、アルティーナの私物が載《の》っているはずなのだが、どれだけ余分な物が積まれているのか気になった。

「と、ともかく……ファンリィーヌさんも元師府に入ってくれて、よかったよ。彼女は優秀だし、顔が広いからね」

元師府の事務方は、しばらく帝都で活動してもらう。人も物も情報も、帝都を中心に動くからだ。

宮殿の旧軍務省の部屋は、ラトレイユの第一軍の文官たちが使うらしい。

元師府はいきなり家なしか、と思いきや……ゴーヒェンが没落貴族の屋敷を探してきた。

レジス不在で完全に破綻《はたん》していた第四軍の事務作業が、どうにか回せそうだった。

現在は旧軍務省の官吏《かんり》を一五〇人ほど雇《やと》っている。大半は平民や、貴族の次男以下で、若かった。

　軍務省は二〇〇〇人を越えていたので、ずいぶんと少なく感じられる。ゴーヒェンは充分と言っていたから、しばらくは任せてみるつもりだった。

　レジス自身も、部下を使うことを覚えなければならない。

　ベルガリア帝国において、一等文官なのに直属の部下を持っていないのは、退役士官とレジスだけだった。

　クラリスが、レジスに視線を戻す。

「ところで……ご家族へ手紙は出されましたか？」

「いや？　そういえば、エンツオ義兄《にい》さんは、もう戻ったかい？」

「いいえ、まだヴォルクス要塞に……少なくとも、私たちが出発するときは」

「大丈夫かな？　けっこう長く家を離れてるけど……」

「レジスさんは大丈夫ですか？」

　二度も確認されるなんて、何かあるのか――とレジスは考えてみる。

　アルティーナと離れたあと、嫁《とつ》いだ姉が関わるような出来事……

「あっ、もしかして、僕の戦死通知って、姉さんのとこに⁉」

　クラリスがうなずいた。

　レジスは頭を抱える。遺品も遺体も⁉　まったくの別人なのに！

「しまった……自分が死んだあとの扱いなんて、考えてなかったよ。いや、でも、誤報だと報《しら》せてくれたはずだよね？」

「それは、どなたが？」

「そりゃあ、戦死通知を出した…………軍務省、なくなったじゃないか⁉」

引き継ぎはどうなっているのか？　兵站《へいたん》や給料や昇進降格については、第一軍や元帥府が引き継いでいる。

死亡通知の取り消しは⁉

レジスは冷や汗が出てきた。

「お、怒られる！　誤報は仕方ないけど、無事だったのに一週間も連絡をしなかったとか！　か、紙……筆を……」

「どうぞ、レジスさん。落ち着いてください」

「そそそうだね」

「世の中には〝もう手遅れ〟という言葉もあるんですから」

「ぜんぜん、慰《なぐさ》めになってない！」

次に姉に会ったときの怒りの形相《ぎようそう》に怯《おび》えつつ、レジスは揺《ゆ》れる馬車のなかで筆を走らせる。

見守るクラリスの表情は、とても穏やかだった。

「…………」

「な、なんだい？」

「嬉しいんですよ、こうしてレジスさんが戻ってきてくれて」

「からかう相手が戻ってきて、退屈しないで済むね」

「あら……私だって、たまには素直に喜びます。大好きな人が無事だったんですから」

「またそういうことを……」

　レジスはため息をつく。

　きっと、何か引っかけに違いない。身構えたが、彼女は見つめるばかりだった。結果として、見つめ合ってしまう。

「うふふ……どうしました、レジスさん？　甘いものなら砂糖菓子がありますよ」

「あ、いや……さっきのオチは？」

「ありません。レジスさんが大好きだから、嬉しいんです」

「え……」

「レジスさんも、私と再会できたこと、少しは喜んでくれたら、なんて贅沢《ぜいたく》ですか」

「いやいや、僕も嬉しいよ」

「まあ、嬉しいこと」

　しばらく待ってみても、やはりからかうような言葉は出てこなかった。

クラリスの頬《ほお》が、ほんのり朱色に染まる。

レジスの頬も熱くなってきた。

照れてしまい、書きかけの手紙に視線を戻す。馬車の振動と関係なく手が震えた。

「ちょっ……クラリスさん……これ、恥ずかしいよ？」

「ダメです。いっぱい心配したんですよ、レジスさん。大好きです」

「あわわ」

文章がまとまらない。自分の頭が悪くなったような気がするレジスだった。

†

南進から三日後――

昼過ぎ。

斥候《せっこう》の報告を受ける。

南方から来た隊商の商人が、目通りを希望しているらしかった。

レジスは腕組みをする。

「うーん……商談なんてしてる余裕はないんだけど……南方から来たなら、戦況について情報が得られるかもしれないね。わかった、会ってみよう。三十分の休憩にする、と姫様に伝えてもらえるかい？」

「了解！」

伝令が敬礼した。

それと、商人には本陣まで来てもらうように伝えた。

会うのは自分だけにする。

商談だとアルティーナの意見は「任せる」だけだろうし、彼女も行軍《こうぐん》で疲れているはずだった。

しばらく待っていると、兵士たちの間を淑女《しゅくじょ》が歩いてくる。

漆黒のドレスに、黒インクを垂らしたような長い髪。商人というから男性かと思ったら、貴族の妙齢の女性だった。

彼女のすぐ後ろを、白いドレス姿の幼女が歩き、レースの日傘を持ち上げ、その淑女を日差しから守っている。メイドの格好はしていないから、ずいぶん幼いが侍女《じじょ》だろうか。

なにより商人らしからぬことに、彼女は手荷物すら持っていなかった。

散歩している貴族の淑女にしか見えない。どうして斥候は、隊商の商人と報告したのだろうか？

彼女は顔にかかった黒色のベールをあげて、黒曜石《こくようせき》のような瞳《ひとみ》で見つめてくる。

「どうやら、本当に生きておるようだな、レジス？」

艶めかしい声にもかかわらず、男性のような口調だった。

レジスは息を呑《の》んだ。

「えっ⁉　エレアノールさん⁉」

訪ねてきたのは、エレアノール・エルレッド・ウィン・ドゥ・ティラソラヴェルデ。

公爵家《こうしゃくけ》令嬢で《南部の雌狐《ラレナルドドゥシュド》》の異名を取る女傑だった。

先日の式典祝宴《しゅくえん》では姿がないと思っていたが、こんな場所で再会するとは。

エレアノールが声を震わせる。

「……レジスよ、久々に会えたというのに、こんなことを言うのは心苦しいのだが」

「なんですか？」

「どうか、私たちを助けて欲しい」

音がするほど強い風が吹き、幼女が持っていた日傘が、空へと飛ばされてしまった。

外伝◆黒騎士と捨て石の砦

ジェローム・ジャン・ドゥ・バイルシュミットは髪《かみ》も瞳《ひとみ》も黒く、黒馬を駆《か》り、黒色の甲冑《かっちゅう》を纏《まと》い、戦場において敗れたことなし。
その容姿と実力から《黒騎士》の異名《いみょう》で敵味方の双方から畏怖《いふ》されていた。

帝国暦八五一年七月一日——
第四軍分隊と、第七軍の混成部隊は、東方の拠点へと向かっていた。
総数一三〇〇〇ほど。
東部戦線を支える主力としては物足りない数だが、軍団としては多いほうだった。
内訳は、コワニェラ（准将《じゅんしょう》）が指揮《しき》する第七軍が八〇〇〇。
バジャマン（中将《ちゅうじょう》）の率《ひき》いる第二軍残兵が四五〇〇。
ジェローム（少将《しょうしょう》）は黒騎兵団の五〇〇を指揮している。
森の間を抜ける街道を進んでいた。

太陽が西に傾きつつある。

細長く伸びた隊列の先頭――

黒馬にまたがるジェロームの隣には、新しく隊長として任命された騎士が並んでいた。

「……人生というのは、わからないものですな」

つぶやいた騎士は、名をホルガー・オージェスという。

ジェロームが鼻で笑った。

「ふん……愚痴《ぐち》か？」

「いえいえ、心の底からそう思ったのですよ。今、私はベルガリア帝国の英雄である黒騎士と馬を並べ、あまつさえ部下まで与えられている」

「そうだな」

「半年前の私は、ヴァーデン大公国に雇《やと》われた傭兵《ようへい》で、ヴォルクス要塞《ようさい》に配属されていたんです」

バイルシュミット辺境連隊がヴォルクス要塞を攻略する前、レジスが情報を得るために、ホルガーを策で捕虜にしたらしい。

要塞攻略のあと――

ベルガリア帝国に〝鞍替《くらが》え〟を希望したなかに、ホルガーもいた。恭順《きょうじゅん》の意を示さなければ、傭兵は縛《しば》り首という事情もあったが……

「俺は使えるヤツは塵《ごみ》でも使う」

出自など、どうでもいい。

「はは……まぁ、古参の隊長たちが部隊を離れてしまいましたからな。人手不足の結果なのは承知しています」

騎士クリューガーは戦死し、アビダルエヴラは姫のお守りに残してきた。他にも、実力者を何名も失っている。

「数だけは補充したが、塵《ごみ》ばかりだ」

吐き捨てるように、ジェロームは言った。

ホルガーが首をすくめる。

「ヴォルクス要塞の近くの森で、蛮族《ばんぞく》に囲まれたときには、皮を剝がれて生きたまま食われるのを覚悟したものですが……」

「レジスのペテンに引っかかったらしいな？」

「やられました……以前は、悔《くや》しいという感情もありましたよ。今は違いますね」

「ほう？」

「帝国第一軍やハイブリタニア王国軍との戦《いくさ》を、この目で見ましたから。我が身の幸運を神に感謝する他はありません。油を撒《ま》いた沼で焼かれたり、艦《ふね》に満載《まんさい》した火薬で消し飛ばされたり、濃霧《のうむ》で視界を奪われ騎兵に突撃されたり——などという可能性もあったのか、と」

レジスの策により、無残《むざん》に散った敵兵は多かった。

「俺は不満だがな。強敵を槍で貫いてこその戦だ。レジスの策は詐欺師《さぎし》のようではないか」

「はは……なんにしても、ひどく数奇《すうき》な運命だと思いましてね。亡国の騎士となった、この私が」

ホルガーは騎士の家に生まれた。二十歳のとき、ゲルマニア連邦の内戦で祖国を失い、傭兵に身をやつす。

指揮官として訓練を受けているため、部下を率いる能力があった。

そして、傭兵時代に戦地を転々としたので、帝国の正規兵などよりも実戦経験が豊富で、落ち着きがある。

ジェロームは褒め言葉を口にしたりしないが……

有能な人材は貴重だ。ホルガーの数奇な運命とやらは、自分たちにとっては幸運と言えた。

彼が前方を指さす。

「ジェローム卿《きょう》、城のようです」

「ふむ……」

「あれが、城塞都市マルシュテットでしょうな。東部戦線の拠点だとか」

小麦畑に囲まれた美しい城塞都市だった。

この土地特有の白い石で造られているため、城壁も城も白い。

激戦の続く地方の拠点だけあって、かなりの大きさだった。ヴォルクス要塞ほどではないが、兵四万、市民十万は詰めこめるか。

「この平地ならば、騎兵が活きるな」

「第七軍は密集突撃を得意としていたようで、それも有効でしょうな」

整備された美しい小麦畑も、ジェロームたちにとっては戦地でしかなかった。

†

城塞都市マルシュテット——

部隊が城に着いたのは、日が沈《しず》む直前だった。

夕食の前に、軍議が開かれる。

一応、席次は階級順だった。

長くて大きいテーブルの一番奥に、バジャマン。右隣に副官のジェスタン。

次に実質的な第七軍の司令官となったコワニェラ。

左隣はジェロームだった。できるだけ椅子は離している。副官としてホルガーが同行していた。

コワニェラが司会を務《つと》める。

「まず、我が軍の状況を確認しておきます」

昔の彼は、バイルシュミット辺境連隊に伝令として来たとき、わざわざ嫌味を言うような小物だった。

しかし、悪夢のような敗戦を経験し、第七軍の司令官代理という重責を背負わされ、帝国の存亡をかけた戦を経て、ずいぶんと成長したようだ。

纏《まと》っている雰囲気が違っていた。

コワニェラの物腰は少しレジスに似ている。彼を救国の英雄と尊敬しているせいだろうか。事前に作っておいた資料をならべて説明するところや仕草《しぐさ》などが、レジスを連想させた。

「第七軍が拠点に残した守備隊は五〇〇〇。うち二〇〇〇が、この城に……三〇〇〇が他の要衝に配置されています。そして、合流した兵数は一三〇〇〇ほど。先日、第七軍が出陣したときは二一〇〇〇だったので、かなり減っておりますが……なんとか東部戦線を支えられそうな数だと思います。第七軍は歩兵が八〇〇〇で、バジャマン卿の元第二軍が四五〇〇――」

ジェロームは声をあげる。

「また減ったな。下手糞《へたくそ》めが」

バジャマンがハンカチで額《ひたい》の汗をぬぐった。

「い、いや、これは不慣れな土地で、奇襲を受けたので……」

行軍中、彼が率いている歩兵部隊が、所属不明の敵集団から攻撃を受け、兵数を減らしてしまっていた。

一〇〇〇くらい失ったらしい。

死亡ばかりではなく負傷兵も多かった。やがて治るにしても、今は戦力の二割を失った計算だ。

ジェロームは小馬鹿にしたように鼻で笑う。

「フンッ……伏兵のことは、レジスのヤツに何度も言われていただろうが。あれだけ予告されていたら〝奇襲〟などとは言わん」

残念ながら、軍師からの助言は意味がなかったようだ。バジャマンは情報を与えられていても、どう備えればいいか理解していなかった。

コワニェラが取りなす。

「まあまあ……今後は、より慎重に指揮を執《と》っていただくということで」

「チッ……」

腹立たしいが、四五〇〇の兵を任せられる人材が見当たらないのも事実だった。

一〇〇や二〇〇の歩兵なら、ジェロームの部下に任せても問題ない。

しかし、一〇〇〇を超えると声が届かなくなる。

集団ではなく組織になるのだ。

兵数が増えても、それなりに操ってしまうレジスが特殊なのであって、専用の教育を受けていない者には任せられない。

そして、無能とはいえ、バジャマンは貴族であり、指揮官としての教育を受けていた。

ジェロームは相手の脳に刻みつけるように、一言一言を明瞭な発音で言ってやる。

「バジャマンよ、貴様の階級は爵位のオマケだ。中将という自惚《うぬぼ》れを、今、この場で捨てろ。自分の無能を自覚し、他者の指揮に従え」

「なっ⁉　しかし……」

「この場で、最も階級が高いのは貴様だ。そして、最も無能なのも貴様だ。同じ戦場に立ちながら貴様の兵だけが減っていく」

「ううう……」

「この地で戦《いくさ》をした経験なら、コワニェラのほうが多かろう。兵を動かすなら、俺のほうが上だ」

「たしかに兵は失った。しかし、軍規というものが……」

「負けるための軍規など、糞食らえだ。貴様が実力に不相応な階級をチラつかせるたびに、そのうっとうしい髪を切り落とすぞ！」

「不相応だと⁉　上官に対して侮辱《ぶじょく》が過ぎるぞ！」

ジェロームは左手を払う。

短剣を投げたのだが、見えた者はいなかった。壁に深々と刺さる。ズドンと重い音が響いた。

バジャマンの頭をかすめていたらしい。

髪が落ちる。

「うわぁぁぁぁ⁉」

けっこうな量の髪を落とされ、バジャマンが悲鳴をあげた。

ジェロームは灰狼《loup gris》のような目つきで睨《にら》む。

「忠告を聞くがいい。髪がなくなれば、次は頭を落とす。せいぜい気をつけることだ」

「ううう……こんなのは、反乱だ！」

「フッ……それが望みなら、応えてやってもいいぞ」

「い、いくら、黒騎兵団だろうとも、我が部隊のほうが十倍も多いのだぞ⁉」

ジェロームは悪魔のような笑みを浮かべる。

「騎士団の出番はない。貴様は私怨《しえん》から〝黒騎士を殺せ〟と命じる気か？　そんなことをしてみろ、兵たちの槍が向くのは、どちらになるかな？」

兵はチェスの駒《こま》ではなかった。命令に絶対服従というわけではない。

そうでなくても兵たちは、失敗続きの司令官に嫌気が差しているはずだった。

義《ぎ》も利《り》もない。

バジャマンが何か言い返すより先に、ホルガーが挙手をした。

「失礼ながら……もとより、帝国第四軍分隊は〝第七軍を支援せよ〟という命令を司令官マリー・カトル・アルジェンティーナ殿下《でんか》から受けております。だとすれば、我々は第七軍の指揮下に入るのが筋というものでは？」

「う、む」

バジャマンが思案顔になった。

また頭に血をのぼらせて怒鳴ってみたものの、黒騎士と剣を交えれば命がないことは理解している。

面子《メンツ》が潰れない言い訳があれば、願ってもないのだった。

「た、たしかに、騎士殿の言うとおりですな。皇女殿下の御意向こそ絶対です。コワニエラ卿に方針があるなら、傾聴《けいちょう》しようではないか」

「ありがとうございます」

コワニェラが深々と頭をさげる。

ジェロームはうんざりして、ため息をついた。

——道化めが。

幕僚《ばくりょう》しかいない場所で、面子にこだわることに何の意味があるのか？

バジャマンは典型的な大貴族で、理屈ではなく本能のように権威を大切にするのだった。

コワニェラも名軍師には程遠いが、愚物《ぐぶつ》ではない。

少なくとも、戦は権威で勝てないことを知っているし、奇襲を警戒するていどの脳はあった。

彼の指揮にバジャマンが従えば、今までよりはマシになるだろう。

†

コワニェラがテーブルのうえに地図を広げた。

東部戦線の地図だ。

木製の駒が並べられる。

「ご存知のとおり……帝都での変事により、この東方辺境は緊張を高めております。もともと近隣諸国は隙あらば侵攻しようと考えているような相手です。ここ数年でも幾度となく交戦しておりました。皇帝陛下がエスタブルク王女を娶《めと》ったことで一応は和平《わへい》を結んでいたのですが」

ユハプリシア・オクトーヴィア――第六皇妃《こうひ》は急死したうえ、その死因に不審な点があった。

当然ながら近隣諸国のなかでも、エスタブルク王国はとくに戦意を高めている。おそらく、バジャマンの部隊を奇襲したのも、かの国に雇われた傭兵であろう。

ジェロームは地図を睨んだ。

「この城の備えは？」

「城塞都市マルシュテットには、第七軍の駐留部隊二〇〇〇がおります。城壁は堅牢《けんろう》で、弩《おおゆみ》は無数に設置し、数は少ないですが大砲もあり、兵三万と民五万が半年も籠城《ろうじょう》できるだけの備蓄があります。水は城内に井戸や貯水池があり、武器や油だけでなく、楽器や書物まで用意してあるほどです」

そして、戦力は駐留部隊二〇〇〇と、一三〇〇〇の将兵か。

「悪くない」

ジェロームは籠城などという消極的な策を好まないが、必要ならば選ぶ。充分な備えがあることは評価した。

地図のうえで、敵国へ目を移す。

コワニェラが指さした。

「東方には小国が無数にありますが、そのなかでもベルガリア帝国と交戦を繰りかえしているのは、エスタブルク王国であります」

近隣諸国に比べて大きな領土と戦力を有しており、帝国の圧力がなければ、この一帯を征服していたかもしれない。

エスタブルク王国との間には深い森が横たわり、帝国軍の兵たちは森の中での戦いを苦手としていた。

森では敵側が優勢で、平原に出ればベルガリア帝国が優勢となる。

その結果、この地方の戦線は長らく膠着《こうちゃく》していた。

マルシュテットの周囲は小麦畑だ。打って出ても優位だし、城としても申し分なく、堅牢であろうと思われた。

やや離れた位置に、一つ駒が置いてある。

「こいつは何だ？」

ジェロームが問うと、コワニェラが言い淀んだ。

「………………ハウプルト砦です。領土拡張を図って建造したのですが」

その意図であれば、悪い位置ではない。

エスタブルク王国の支配地といえる森まで、朝の散歩で行けそうな近さだった。強気な一手は嫌いではない。

「ふむ」

「ハウプルトには、六〇〇の兵が駐留しております。司令官はバルグソヌ家のお方でして——」

「六〇〇だけか？　数が少なすぎるな」

「はい。しかし、東部戦線はマルシュテットの他にも、いくつか拠点があります。帰還した第七軍と駐留部隊と第四軍分隊と、全て合わせて一八〇〇〇……各所に最低限の戦力を振り分けますと……」

ハウプルトには六〇〇が精一杯らしい。

「ならば、撤退させろ。守るべきときに攻めの手にこだわるなど、愚策だ」

「ハウプルト砦のすぐ後ろ——帝国領側には町がありまして。砦の兵たちは町の住人を守るつもりなんです」

「チッ……早く町の連中を避難《ひなん》させろ」

「残念ながら、このマルシュテット城ですら、受け入れきれません。無理をするなら、城壁の外でテント暮らしということになりますが……敵が来れば、戦場になる場所ですから」

避難させても、仮住居が戦場になっては意味がなかった。

皆殺しにされるか、捕虜《ほりょ》として交渉材料にされるか。財は奪われ敵軍の軍資金とされ、食料などは兵糧《ひょうろう》にされるだろう。

敵を利するばかりだった。

「他の拠点は？」

「かなり距離がありますので、長旅を強いることになります。女子供や老人には厳しいでしょう。絶対にハウプルト砦が陥落《かんらく》するのならばともかく……今までは、持ちこたえておりましたので」

「それほど堅牢なのか？」

「普通です。以前は、五〇〇〇の兵がおりましたので」

ハイブリタニア軍と交戦して失われたぶんの負担が、この砦に集中しているというわけだ。

いや、全体的に劣勢にするより、ハウプルトを切り捨てたのか。

コワニェラの判断は妥当《だとう》に思われる。

砦だけでなく町まであるというのが唯一の問題だった。

ジェロームは舌打ちする。

「なぜそんな場所に町を作った？」

「えっと……砦の兵たちのために商人が出店を広げて、やがて建物になり、その家族も住むようになり、そこで生まれた子が成長して周囲に畑を作り……」

「新しい町ではないのだな」

「この地方は、交戦こそ多かったものの、長らく戦線が膠着しておりましたから。実は私もその町の出身なんです。ハウプルト砦の後ろにあるから、アプハウト市というんですが」

ジェロームは少しだけ驚いた。

コワニェラという男の評価を改める。

戦略的に妥当な判断とはいえ、自分の故郷の町を切り捨てるとは、なかなか冷徹《れいてつ》ではないか。

「ハウプルト砦に置ける兵数は？」

「押しこんでも一〇〇〇までalong」

「世辞でも城とは呼べんな」

昔、ジェロームはシエルク砦という小さな拠点を使っていた。それと同程度か。

小競り合い程度ならいいが、守備隊の三倍以上の敵が攻めてきたら、守りきれないだろう。

先日まで、司令官ではなかったコワニェラに文句を垂《た》れても仕方ないが……

町ができたなら、砦を拡張しておくべきだったし、小さな砦しかないなら、町など許すべきではなかった。

ジェロームはシエルク砦の近くに店を開くことを禁じている。

兵たちの暮らしは不便なままだったが、万が一のときに〝シエルク砦を放棄《ほうき》して、ひとつ後ろの辺境都市テュオンヴェルまで撤退する〟という戦略的な選択肢が残されていた。

「晴れているからといって、屋根のない家を建てるようなものだな」

ジェロームの言葉に、コワニェラがうつむく。

「マルシュテット市を拡張する工事をしています。順調にいけば、アプハウトの住人を全て受け入れられますが……完成は来年の春頃になるかと」

一年近く先ではないか。

それほど敵が待ってくれるなら、第四軍分隊が支援に来る必要はなかった。

「住民が町を捨てられぬと言うのなら、好きにさせろ。だが、六〇〇の兵は無駄だ。引き上げさせるがいい」

「……命令しても、従うかどうか」

「どういうことだ？　ここの六〇〇は誰かの私兵か？」

「ハウプルト砦にいるのは、アプハウト市の出身者たちなんです。しかも、遠征に呼ばれなかった新兵と老兵ばかり……エスタブルク王国に攻められたら、討ち死にする覚悟でしょう」

「どうせ戦力にならないから、放置しているわけか」

コワニェラが拳《こぶし》を握りしめた。

「……私だって……こんな立場でなければ、ハウプルト砦で戦いたいくらいです。しかし、帝国を守るためには、ここで指揮を執らなければ」

†

戦況確認のあとは、指揮系統の調整や確認をしておく。

黒騎兵団と元第二軍が、第七軍コワニェラの指揮下に入ると決めたので、だいぶ整理された。

軍議は終わり――

地図が片付けられて、料理が出てきた。

ベルガリア貴族の会食らしく、大きめの皿に小さく盛りつけられた料理が次々と運ばれてくる。

メインディッシュは鹿肉だった。

ジェロームは隣のホルガーへと視線を向ける。今や黒騎兵団の新しい副団長だった。

武芸も馬術もほどほどだが、指揮能力が優れている。

「……貴様は、どう思う？」

「ふぅむ、やわらかくて美味ですな。柑橘《かんきつ》系の香りがするソースが上品で、さすがベルガリア帝国の料理人です」

「鹿肉の話ではないわ」

冗談です――とホルガーが薄く笑った。

ジェロームに軽口を叩くなど、古参の兵でもやらない。この男は変わり者だった。

声を潜《ひそ》め、ホルガーが言う。

「黒騎兵団がどう動こうと、このマルシュテット城は落とされないでしょう。ただし今の第七軍は敗残兵の寄せ集め……コワニェラ准将は、練度の高い騎兵五〇〇を手放したくないかと」

ジェロームはナイフで鹿肉を突いた。

すでに地図は片付けられているものの、そこはマルシュテット城が描かれていた位置だった。

「どう来ると思う？」

「初手は、ここととは別の場所かと」

「だろうな。だが、この城へ敵が来るとしたら？」

　ホルガーがフォークを伸ばす。

　地図でいえば東から、フォークの先がテーブルのうえを滑る。

「まっすぐ力押し。それが無理だと気付いて夜襲。やっぱりダメとなったら、近隣の村から略奪……といったところでしょうか」

　そのとき、敵軍の背後を突くには、騎兵が有用だろう。

　ジェロームはナイフで鹿肉を裂いた。

「どう対処する？」

「籠もって待つのは退屈です。敵が見えたら騎兵を出して、まっすぐ突撃して、敵将の首級をあげる——というのがジェローム卿の好みでは？」

「よしよし、わかってやがるな。それが、黒騎兵団の流儀だ」

「まぁ、相手が鉄砲を持っていたら、籠城を提案しますが」

　それでいい。

「貴様に任せる」

「……ということは、行かれるわけですな。黒騎兵団を半分にしますか？」

「俺一人で充分だ」

　ホルガーが意外そうな顔をした。

「まさか、私が騎士団長代理ですか？」

「不満か？　まぁ、給料は変わらんからな」

「戦果があれば褒賞《ほうしょう》を期待しますがね。いやはや……本当に人生は、わからないもんですな」

ジェロームは黒騎兵団をホルガーに預けた。

どうせしばらくは、この堅牢なマルシュテット城で待機だろう。

椅子から立ちあがる。

「コワニェラ！」

「は、はい、いかがしましたか⁉　塩ですか⁉」

「鹿肉の話ではない！　このホルガー・オージェスが俺の代理をやる。騎兵のことは任せていい」

「え？」

「俺がおらずとも、黒騎兵団であれば、この平原で遅れを取ることなどなかろう。先ほども話したが……全体の指揮は貴様が執れ」

「は、はい」

「他のヤツがグダグダ言うようなら斬れ――と部下に命じてある」

バジャマンが声にならない悲鳴をあげた。

黒騎兵団の騎士たちは、ジェロームの命令とあれば躊躇《ちゅうちょ》なく貴族でも斬るだろう。

狂信的なほどの忠誠心だった。

ホルガーが敬礼する。

「私はホルガー・オージェス三等武官です。新参者ですが、よろしくお願いします、コワニェラ殿」

「わ、わかりました……しかし、ジェローム卿はどうされるのですか？　ヴォルクス要塞に戻られるとか？」

トンッ！　とジェロームは鹿肉にナイフを突き刺す。

「ここだ。最初に敵が来やがるだろうからな」

もう片付けられた地図だと、そこはハウプルト砦の場所だった。

†

翌日――

ジェロームは愛馬を駆ってハウプルト砦を訪れる。朝に出て、夕方前に着いた。

馬鹿げたことに……

本当に、町が砦に隣接していた。

「……これが、アプハウトか」

建物の数からすると、二万人ほどの町だ。

しかし、砦の兵が減らされたとき、住人の半数が避難していた。今は一万弱が残っているらしい。

長旅の難しそうな子供や老人の姿が目立った。

商店のならぶ大通りを抜けると、さほど高くない石壁が見えてきた。見張りの塔がある。

シエルク砦が思い出された。

帝都から辺境に飛ばされ、あの小さな砦を最初に見たときの胸中に沸《わ》きあがってきた感情が、ふつふつと蘇《よみがえ》る。

ギリッ、とジェロームは奥歯を噛《か》んだ。

門番に書簡を渡して身分を告げる。

大騒ぎになった。

すぐに砦の司令官がやってくる。

新兵や老兵が多いと聞いていたが、まったく予想外の人選がされていた。

ハウプルト砦の司令官は、女だった。

そういえば、バルグソヌ中将の血縁者が司令官をしている——とコワニェラが言っていたか。

ジェロームは軽く額を押さえた。

「うっ……」

小さな砦・女の司令官……

人生の汚点ともいえる決闘を思い出し、頭痛を起こした。

年齢は二十歳くらいか。茶髪を肩の高さで切りそろえた女性が、形だけは申し分のない敬礼をする。

「私は帝国第七軍ハウプルト砦の駐留連隊司令官——マリオン・アルフォンス・ドゥ・バルグソヌ二等武官です」

「中将の血縁者らしいな？」

「……祖父は素晴らしい司令官でした」

孫娘だったか。

「フンッ」

「……帝国第四軍では、名乗らないのが仕来《しきた》りなのですか？」

口調こそ丁寧だったが、キッと睨んでくるマリオンの目が、どことなく生意気な皇姫《こうき》に似ていた。イラッとする。

「俺は、ジェローム・ジャン・ドゥ・バイルシュミット少将だ。心して答えろ——貴様らは生き残る気があるのか？」

「え？　そ、それは……最善を尽くす所存です！　皆で、そう決めました！」

——皆で決めただと？　それが将の言うことか⁉

ジェロームは内心で毒づいた。

なんにしても、コワニェラの言うとおり——ここの兵たちは故郷を守る〝最後の砦〟を捨てる気はないようだ。

「チッ……まぁいい。砦を案内しろ」

「なんの権限で……‼　あ、いいえ、第四軍は援軍として来てくれたとのこと。それくらいの協力はすべきでしょうね」

階級はジェロームのほうが上だが、マリオンとは所属が違う。命令をきく理由はないのだが、彼女なりの理屈で納得したらしかった。

気が強くて、理屈っぽい。

面倒くさいヤツだな——とジェロームは思った。

†

門と外壁を巡り、見張り塔を確かめ、厩舎《きゅうしゃ》や食料庫や武器庫を見る。

設備は並。

中庭に集合させた兵を眺める。

ざわざわ、と彼らは落ち着きがなかった。

帝国の危機であっても遠征に選ばれなかった連中だ。その実力に期待はしていなかったが……

顔や体つきを見れば、おおよその練度はわかる。

ジェロームはため息をついた。

「弱兵だ。話にならんな」

マリオンが睨みつけてくる。

「余所の部隊に、無礼ではありませんか⁉」

「この砦の後ろには町がある……たわけたことに避難の用意はなく、敵が来たら、ここへ逃げこむしかない。つまり、この砦が落ちれば兵だけでなく町の住民までが皆殺しにされる」

「そ、そんなことは承知の上です！　だから、我々は砦に残って！」

「当然ながら、そんなことはさせせん」

「えっ⁉」

「俺は負けるのが嫌いだ！　ハウプルト砦は落とさせない。小さな砦一つだろうとエスタブルク王国ごときに奪われるなぞ、この俺が許さん！」

「も、もしかして、増援があるのですか⁉」

マリオンや兵たちが表情を明るくした。

ジェロームは吐き捨てる。

「馬鹿が！　そんな余力が今の帝国にあるわけなかろう。戦局を知らんのか？」

「ほ、報告は読んでます……それじゃ、どうやって？」

「フンッ……塵《ごみ》め。貴様らは軍人だろうが。当然、戦って勝つ！　それが〝守る〟ということだ。どれほど志《こころざし》高く戦おうとも負けては意味がない」

「無茶を言わないでください！　増援もなしで勝てるわけが……あ、いえ……もちろん、勝つつもりですが……エスタブルク王国はベルガリア帝国に比べれば小さいけれど、軍備の充実した強国です。兵数も三万近い——余所から来た貴方《あなた》は、わかってないみたいですけれども！」

「貴様らが強くなればいいだけのことだ」

「ここにいるのは、新兵と老兵ばかりなんですよ⁉」

ジェロームは命令書を見せた。コワニェラの署名《サイン》が入っている。

マリオンが目を白黒させた。

「し、指揮権を……委《ゆだ》ねる⁉　無茶苦茶です！　今、来たばかりの者に！　私は絶対に認めません！　コワニェラさんに抗議してきます！　祖父が生きていれば、こんな命令は絶対に許すはずが――」

ジェロームは拳を突き出した。


ゴッ！


石が割れたような音がする。

マリオンが顔面にアザを作って、ぱたりと倒れて静かになった。

やれやれ、とジェロームは肩をすくめる。

「命令に文句のあるヤツは他にいるか？　今から俺がこの部隊の司令官だ。不服があるなら納得できるようにしてやろう。前に出ろ」

兵たちのざわめきが大きくなった。

黒騎士の逸話を知っている者は東方の部隊にも多い。異常なまでに強い、というのは周知のことだった。

そのうえ、女を殴った。男尊女卑《だんそんじょひ》の強いベルガリア帝国でも〝女性に手をあげる男は蛮族扱い〟である。貴族にあるまじき蛮行だ。

逆らったら本当に殺されるのでは？　と兵たちは、おののいた。

よし、とジェロームはうなずく。

「まずはメシだ！」

そういえば、と彼らは思い出した。そろそろ夕飯の時間だ。

†

テーブルに器が置かれる。

ほとんど湯だけのスープだった。

ジェロームの器には、それなりに肉が入っているが、兵たちの食事は、細切れの野菜と塩味の湯だ。

「なんだ、これは？」

「備蓄が少ないのです。仕方ないでしょう」

目の周りに青アザを作ったマリオンが苛立たしげに言った。

女のくせに司令官などやっていただけあって、意外と頑丈《がんじょう》らしい。あの後、すぐ意識を取り戻し、今は隣の席にいた。

指揮権を譲るという命令には納得したようだが、指名したわけでもないのに副官としてつきまとっている。

——気絶するほど殴ったのに、馬鹿なのか？　根性が据わっているのか？　まぁ、どうでもいいか。

「こんなメシでは兵が強くならん。肉を出せ」

「ありません」

「それを用意するのが、司令官の務めだ」

「予算がないんです！」

「なら、狩りをしろ」

「馬鹿を言わないでください。森に入ると、エスタブルク王国軍が待ち伏せしています。かの国の《深緑兵《しんりょくへい》》は強い。そのせいでアプハウト市の者たちも狩りができないでいるんです。もちろん、大勢で森に入れば攻撃を受けにくいですが……そんな大騒ぎをしたら獣も逃げますからね！」

な顔だ。

ふんっ！　とマリオンが睨みつけてくる。〝どうにもできないでしょ⁉〟と言いたげな顔だ。

態度は苛立たしいが、必要だと考えていることはわかった。食料のやりくりに腐心《ふしん》して、その結果が塩スープらしい。

コワニェラの部隊の食事は普通だった。つまり、新兵や老兵に回す食料はない、ということか。

「森が駄目ならば、町へ行って調達してこい」

「ですから、町にも肉なんて……」

「越冬《えっとう》のための備蓄があるだろうが」

「なっ⁉　冬のための食料を出させる気ですか⁉　見損《みそこ》ないました！　町を守るために来てくれたことに少しは感謝してもいいかな、って思いはじめてたのに！　なんて野蛮な人なの⁉」

「この砦が落ちれば、どうせ町の食料は、エスタブルク軍の兵糧だ。殺されて奪われるくらいなら、差し出したほうがマシだろう」

「馬鹿ですか⁉　越冬の備蓄に手をつけたら、どうやって冬を乗り切るんです⁉　戦争の結果に関係なく死んでしまうじゃありませんか！」

今夜にも敵が来るかもしれないのに、冬の心配をしてどうする？　とジェロームは呆《あき》れた。

しかし、考えてみれば、危機感のある連中は町を捨てて逃げ出している。

残っているのは、これまでも何とかなったから、今回も何とかなるだろう、と考えている者ばかりか。

あるいは、諦めているか……

考えることを止《や》めているか……

命令を出してもいいが、ここの兵たちはアプハウト出身ばかり。生まれ故郷の備蓄を徴用させては、士気の低下が無視できなかった。

「フンッ……仕方がない。越冬のための食料は俺が調達《ちょうたつ》してやろう。だから、今は町から持ってこい」

「どうする気ですか？　他の領地から買ってくるほどの資金はありませんよ？」

貧乏公爵《こうしゃく》め――とジェロームは内心でため息をつく。

東部戦線を支えていたバルグソヌ将軍は、公爵でありながら最低限の徴税しかせず、私財の蓄えがなかったらしい。

古い鎧を叩いて直して使っているとの噂《うわさ》もあった。

そして、保存用に加工した食料は、現地で調達した場合に比べて、とても高価となる。

森で狩りができれば、二ヵ月ほどで町が越冬できるだけの獣肉が獲《と》れるだろう。

同程度の労働を二ヵ月しても、同じだけの食料を買う金は手に入らない。

街道の整備されたベルガリア帝国であっても、輸送の費用は、とても大きなものだった。

ジェロームは面倒を押しつけることにする。

「大丈夫だ。任せておけ。帝国第四軍には〝魔法使い〟と呼ばれる軍師がいるんでな。小さな町の食料ていど」

レジスが聞いたら、大慌てで抗議するに違いなかった。

どれほど信用されるものか、と思ったが……

マリオンが身を乗り出してくる。

「レジス・ドゥ・オーリック様を頼れるのですか⁉」

——様ァ？

どうやら、レジスの噂は、東方の辺境にまで聞こえているらしかった。

ジェロームはうなずく。

「当然、こき使える。ヤツは俺の部下のようなものだからな」

「レジス様は来てくださったりしないのでしょうか⁉」

——ハッ！　あの塵《ごみ》なら、今頃は帝都で試験のお勉強中だろうよ！

そう思ったが、評判は上げておいたほうが、今後も使えそうだ。

「軍師は帝都にいる。有能ゆえ、忙しいのでな」

「あ……そうですよね。こんな辺境の小さな砦に……救国の英雄ですもの」

しゅん、と肩を落とした。

ため息まじりにマリオンがつぶやく。

「……あの偉大な祖父ですら勝てなかったハイブリタニア王国軍に、海でも陸でも、ことごとく勝利した……あの天才軍師様なら、きっと、この砦も、なんとかしてくれたでしょうに」

彼女の言う〝偉大な祖父〟とは、突撃しか命令しなかったバルグソヌ中将のことか。

そして〝天才軍師様〟とは、レジスのことだろう。

現実との差に、ジェロームは目眩《めまい》がするほどだった。

「たんなる読書狂いだがな」

「読書ですか。なるほど、さぞ高尚な戦術書を読まれるのでしょうね。私も学ばなくては」

「夢物語のような娯楽の本ばかりだ」

「……嘘《うそ》です」

マリオンが不満そうな顔をした。

ジェロームは肩をすくめる。

「レジスは東方に来ないが、帝都にいるのは好都合だ。冬の食料は用意させるから、心置きなく徴用してこい」

「……本当ですか？」

「レジスが〝できない〟と抜かしやがったら、首をへし折ってくれる！」

「そんなの絶対に駄目ですからね⁉　ハァ……まぁ、なんとかなるのなら……第四軍は精鋭部隊だから、第七軍よりずっと状況がいいんでしょうし」

「……精鋭部隊……だと？」

「ええ、第四軍は皇女殿下が司令官でいらして、若き天才軍師様が傍《かたわ》らに。そして英雄である黒騎士がいて！　あ、まぁ、こんな野蛮な人だと思わなかったけど……帝国第一軍が帝都を守る盾だとすれば、帝国第四軍は敵軍を屠《ほふ》る剣として編成された精鋭部隊だって聞きました」

「馬鹿め」

「な、なんですか、急に⁉　失礼な！」

ジェロームは貴族たちの嫉妬《しっと》により帝都を追われた〝勝ちすぎた英雄〟だった。

第四皇女は政争に負けて追放されただけだし、レジスは敗戦の責任を押しつけられて左遷《させん》された不運な文官である。

隣の芝生《しばふ》は青く見えるというが、他からはずいぶん素晴らしい部隊に見えているらしかった。

　マリオンの話を聞いていると、目眩を通り越して吐きそうだ。

　ジェロームは犬を追い払うように、手を振った。

「いいから、行け。明日の夕飯には肉を出せ」

「んもう……でも徴用はしません。町の人たちからは借りることにします。借用書を作りますからね？　私だけじゃなく貴方の名前も書きますからね⁉」

「好きにしろ」

　今のマリオンは司令官ではない。徴用の命令を出したのはジェロームだ。それでも、まず彼女は自分の名前を出すという。

　律儀《りちぎ》なヤツだな――とジェロームは思った。

　マリオンが一息にスープを飲み干す。そして、勢いよく席を立った。

「さあ、徹夜で書類を作らないと！」

「貴様は自分で借用書を作るのか。文官はどうした？」

「文官もいるけど、二〇人程度しかいませんから。自分でもやらないと……第四軍は大勢の文官がやってくれるんでしょうね。羨ましいです。第一軍なんて一〇〇〇人もいるって噂ですし」

「俺がクビにしたから、第四軍の文官はレジスだけだ」

「……え？」

「いや、第一皇子《オーギュスト》の部下だったヤツが一人増えたか。しかし、あとはメイドの手伝いくらいだな」

軍務省に増員の要請《ようせい》はしたが、ハイブリタニア王国との戦争がはじまってしまい、後回しになっている。

「そ、そんなんで書類仕事が終わるはずが……あっ、また嘘ですね⁉　もう騙《だま》されませんよ！　田舎者《いなかもの》だと思って馬鹿にしないでください！」

マリオンは頬《ほお》を膨《ふく》らませて行ってしまった。

ジェロームは塩スープに口をつける。

食料を用意させるのはいいが……

事情をレジスに伝えなければならない。手紙を書く必要があった。ジェロームも皇女ほどではないが、書類仕事が嫌いだ。

舌打ちする。

なかなか椅子から立ちあがる気力が湧《わ》かなかった。

†

翌朝――

兵たちが少し浮ついていた。

なんと朝食にハムがついていたからだ。

マリオンが、どうだ！　と言わんばかりの顔をしている。

「これで兵が強くなるんですか？」

「悪くない」

朝食後、ジェローム は広場に兵を集めた。

はっきりと言い放つ。

「貴様らは、弱い！」

「うっ……」

兵たちが怯《ひる》んだ。普通の部隊なら怒る者もいるだろうが、ここには黒騎士に〝弱い〟と言われて反発する者はいなかった。

「あまりに弱い。しかし、兵隊が負ければ、砦は陥落し、住人は殺される」

「ううぅ……」

彼らは泣きそうな顔になる。

「貴様らは、勝つしかない！　そのために、俺が鍛《きた》えてやる！」

怒鳴りつけた。

ざわっ、と兵たちが互いに顔を見合わせる。

先頭に立っている若者が挙手した。

「つ、強くなれるんですか？」

「なる！　筋力も剣技も一日二日で身につくものではない。しかし、精神は別だ！　変わるときは一瞬で変わる！」

「おおっ！」

兵たちの表情が明るくなった。

隣で話を聞いていたマリオンも瞳を輝かせる。

ジェロームは唾《つば》を吐いた。

「なにを甘ったれた顔をしてやがる⁉　一瞬で変わるというのはな……地獄を見れば、変わる——ということだ！」

「じ、地獄⁉」

希望に膨らんだ雰囲気が、あっさり霧散《むさん》する。

ジェロームは唇《くちびる》の端《はし》を歪《ゆが》めた。

「見せてやるぞ、地獄をな！　変わるがいい、敵に勝つために――いや、その頃には、敵なんぞ眼中になくなっているかもしれんが」

マリオンが慌てる。

「ちょ……ちょっと待ってください！　いったい、なにをする気ですか⁉　ここにいるのは新兵や老兵なんですよ⁉　無茶をしたら戦う前に疲れちゃって……」

「知るか！　今日からは〝死んだほうがマシだ〟と思うような訓練をする。いや、実際に死ぬヤツが出る。気を抜いたヤツ、実力の足りないヤツ、運の悪いヤツから死ぬ！」

「そんなの絶対にダメです！」

「無理だと言うのなら、申し出ろ。訓練を免除《めんじょ》してやろう」

ホッ、とマリオンが胸を撫《な》で下ろす。

兵たちも、そういうことなら――という顔をした。

なんと歯痒い。

「貴様らは……つくづく、本気と縁遠い人生を送ってきたらしいな。自分たちが弱兵だから無茶な要求はされない、と信じてやがる。今日にも敵軍が攻め寄せてきて、家族もろとも皆殺しになるという今でさえ、必死になれていない。愚図《ぐず》め！　だから貴様らは落ちこぼれなのだ！　新兵や老兵だからではない。その腑抜けた根性ゆえに、弱いのだから、死ぬ！　一人残らず！」

どれほど怯えようと、容赦する気はない。

「俺は教官ではない。ここは訓練施設ではない。貴様たちがいるのは砦であり、前線であり、戦場だ！　弱いヤツは弱いヤツなりの扱いをする。今日からの訓練、ついてこれないヤツは申し出るがいい。森で獣を獲ってくる任務を与えよう」

兵たちもマリオンも顔を青ざめさせた。

「なっ……⁉」

先ほど挙手した兵が前に出た。

「横暴《おうぼう》だ！　そんなの〝死ね〟と言ってる！　森には《深緑兵》がいるんだから！　そんな無茶な命令、許されないはず！」

「ほう？　軍務省にでも訴《うった》えるか……？　かまわんぞ。帝都の糞役人が、のんびり秋頃に査察《ささつ》に来たとき、まだこの砦があるといいがな？」

「うっ……」

「貴様ら、そもそも砦を守って死ぬつもりだったのではないのか？」

「そ、それは、もちろん……だが、それは、みんなで一緒に戦って……」

「怒阿呆《ドアホ》ゥが！　戦いとは独りでやるものだ！　味方なんぞ、足を引っぱる厄介《やっかい》でしかない！」

「ええっ⁉」

若者がよろめいた。

マリオンが頭を抱える。

「そ、それは……貴方が強いからです。弱い人は周りと協力すべきで……」

「連携とは、個の技の先にある！　弱兵が協力などと片腹痛いわ！　塵《ごみ》が山になっても、塵《ごみ》は塵《ごみ》だ！」

若者が言い返してくる。

「か、数は力だ！　そう俺は教わった。みんなで力を合わせれば、奇跡だって起こせるんだ……今、ここには六〇〇人もいるんだ……黒騎士にだって勝てるぞ！」

そいつは剣に手をかけた。

ジェロームは動かない。剣に手を伸ばすこともしなかった。

「で？」

「撤回しろ！　人死にが出るようなものは訓練じゃない！　森に行かせるなんて無茶な命令は許されない！」

ククク……と笑い声をもらす。

「六〇〇人いれば、俺に勝てるだと？　やってみるがいい。塵《ごみ》が集まっても塵《ごみ》だということを教えてやろう。剣を抜け！」

「う、ううぅ……」

ジェロームはゆっくり前に出る。若い兵士との距離を詰めた。

「今から、訓練を開始する。簡単だぞ。生き残れ」

「え？」

「この俺から、生き残れ。なに、これは訓練だ。手加減はしてやるから安心しろ」

「なにを言って……⁉」


若い兵が宙を舞う。


ジェロームの拳が腹をえぐり、打ち上げたのだった。

同時に、兵士の腰から剣を奪い取っている。官給品《かんきゅうひん》だが、しっかり手入れはされていた。

「フンッ……武器だけは一人前だな。ああ、そうだ。言っておくが、これは訓練だ。この広場から出たやつは敵前逃亡と見なし――確実に殺す。死にたくなければ、逃げないことだ」

「や、やったらぁぁぁあああぁぁあぁぁぁ――――ッ‼」

別の兵が向かってきた。

ジェロームは上半身を軽く反《そ》らして剣撃を避ける。

剣の平で、そいつの背中を叩き伏せた。

次に、茫然と立ち尽くしている者に斬りつける。そいつの額から血が噴き出した。

「ひぃぃぃぃぃ――――!?」

「いい度胸だ！　俺の前で居眠りか!?　殺すぞ！」

後ろのほうの数人が、泣きながら広場から逃げだそうとする。

「うあぁぁあぁあぁあぁぁ――――!!　こ、こんなの、おかしい！　おかしい！　もうイヤだぁぁぁ！」

「ダメ！　逃がさないで！　本当に殺されちゃうッ！」

マリオンが叫んだ。

少しは冷静な者もいて、彼女の命令に反応した。逃げだした者たちを引き倒す。

「に、逃げるな！　マリオン様の言うとおりだ！　黒騎士が本気なら、もう何人も殺されてる！」

「ででもお！」

「見ろ！　ほら、し、死んでない！　たぶん！」

最初に殴られて飛んだ若者が、よろよろと身体を起こした。

「ううう……おげえぇぇぇッ!!」

地面に吐瀉物《としゃぶつ》が広がる。

ジェロームは肩をすくめた。

「やれやれ、せっかくのハムだったのにな？」

「あ、悪魔だ」

「ククク……馬鹿を言うな——この俺は、神官に礼拝のたびに罵倒《ばとう》されても黙っているほど人格者ではないぞ」

兵たちは、ようやく現状を認識しはじめた。

目の前にいる男は、性格が最悪で、英雄と呼ばれた実力者で、命の尊さを知らない。

マリオンが声をあげる。

「みんな、訓練を思い出して！　囲んで仕留めるのよ！」

「よしよし、やっと調子が出てきたな。さあ、まとめて挑んで来るがいい。早いほうがオススメだぞ。疲れてくると——ついつい力が入ってしまうかもしれんからなぁ？」

†

六〇〇〇人の悲鳴がハウプルト砦に響き渡った。

夜——

ジェロームは窓際に置いたベッドで横になっていた。燭台《しょくだい》の蠟燭《ろうそく》は消えている。

ドアがノックされた。

返事はしない。

しばらくすると、ドアが静かに開かれた。

誰かが入ってくる。

窓から差しこむ月明かりで、小さな影が浮かびあがった。

「……」

「夜襲か？　悪くないが、ノックは不要だな」

ジェロームの声に、ビクッと驚いた影が——ふぅ〜、と吐息をつく。

マリオンだった。

「起きていらしたなら、ちゃんと返事をしてください」

「寝ていた」

「……嘘です。ノックくらいで起きるものですか」

「ここは戦場だ」

「そんな……いえ、もういいです。それより、昼間の訓練ですが……」

「手加減しすぎたか？」

「逆です！　やりすぎだと思います。まるで戦争があったみたい。医務室は満員で、そこかしこでケガの手当てをしたり……な、泣いてる人だっているんですよ⁉」

「俺も、その一人だ。情けなくて涙が出てくる」

「ふざけないでください！」

「ハッ……ふざけているのは貴様だ。こんな弱兵では、戦争にすらならん。敵が迫ったら最初の数人が斬られたところで、後ろの半分が逃げだすぞ。俺一人にすら、あの有様《ありさま》ではな」

「そ、それは……貴方が急に手を出したからで……」

「戦争なんぞ、局所的には急なものだ。目の前の味方が倒れた瞬間、自分が最前列なんだからな」

「……ここの兵たちは、大半が農兵です。いつもは畑仕事や土木工事をしてるんです」

「寄せ集めなのは一目でわかった。第七軍の遠征部隊は、なかなか鍛えられていたが、この砦の連中は残り滓《かす》だな」

「否定はしません。だから、私みたいな女が司令官でも誰も文句を言わなかったんです。ここの兵たちは、第四軍のような精鋭じゃありません」

「だったら、どうする？　エスタブルクが攻めてきたら、白旗でも振るか？」

「それは……」

「遅かれ早かれ人は死ぬ。軍人となったからには、せめて敵と戦って死なせてやれ。背を向けて矢に射られるなど恥《はじ》だ」

「わ、わかっては……います。でも、あんな酷い……」

「貴様は、もうひとつ理解しているはずだ。普通の訓練では、連中はまともな兵にならない」

「そんなことは！」

ベッドの近くまで、マリオンが来た。

意外にも軍服ではなく、肩の露出《ろしゅつ》した夜会服を着ている。貴族令嬢であることを思い出させる格好だ。

月明かりに浮かんだ彼女の姿をジェロームは眺めた。

「アザ、もう消えたのか……？」

「そんなわけありません。化粧《けしょう》です」

「こんな夜更けに、化粧をして男の寝室に来るなぞ、無事では済まんぞ。まぁ、それの相手をしてやらんこともないがな」

「そ、そ……そう……黒騎士ともなると、慣れているのね……」

マリオンの声が震えた。

ジェロームは夜に溶けるような声色で教えてやる。

「ああ、まず夜の礼儀として……殿方のベッドに入る前にはドレスを脱ぐ」

「ッ」

彼女がドレスの肩に手をやり、固まる。

服を脱ぐくらい――という気持ちと、羞恥心《しゅうちしん》が鬩《せめ》ぎ合っているようだ。

ジェロームは苦笑してしまった。

「それと、背中に隠してるナイフを役立てるなら、殺気を出さぬようにせんとな」

「気付いて……⁉」

顔を真っ赤にしたマリオンが、ナイフを突き出してきた。

思い切りはいいが。

ナイフを持っている彼女の手首を摑んだ。

強く握ったら折れてしまいそうなほど、細かった。やはり女の腕力だ。

皇女とは違う。

「まぁ、あの姫がおかしいのだな。普通は、こんなもんだろう」

「こ、殺してやる！」

「砦を守りたいんじゃなかったのか？　俺を殺して何が守れる？」

「あんな酷い訓練を続けたら、敵が来る前に、みんなが死んでしまうわ！　私が、みんなを守るのよ！」

マリオンの胸ぐらを摑んで引き寄せた。

「たわけが！　貴様の過保護が、ヤツらを腐らせたんだ！」

「過保護⁉」

「よく見ていろ！　俺は、貴様ほど連中に絶望していなければ、見捨ててもいない！」

「私が……絶望して……見捨てて……⁉」

「人の本心というものは、言葉ではなく行動に現れる――俺は連中を訓練している。貴様は止《と》めようとした。兵たちが強くなると信じているのはどちらだ？　戦に勝てると思っているのは？　訓練が酷いだと？　兵たちは生きている。そして、明日は今日よりも強い！」

「わ、私は……みんなを……」

マリオンは震えるばかりで、それ以上は言葉を発しなかった。

†

起床ラッパは夜明け前に鳴らされた。

昨日と同じ訓練が始まる。

「そおおりゃあぁぁあぁぁぁぁぁぁーッ‼」

「どはぁぁぁー‼」

ジェロームが拳を振り、兵が吹っ飛んだ。

その瞬間、いくつもの剣が迫る。

昨日、何人もが殴り飛ばされ、慣れたようだ。もう一人や二人が吹っ飛ばされたところで、彼らは怯まなかった。

「黒騎士、討ち取った！」

「フッ……甘いわ」

ジェロームは剣を抜く。迫ってきた剣を叩き落とし、相手の腹に蹴りを入れた。

「おげえええーッ‼」

訓練は朝食まで続き、昼も行い、日暮れの鐘《かね》と共に終わる。


一ヵ月が過ぎた。

†

城塞都市マルシュテット——

早朝、コワニェラは中庭で剣を振っていた。

一日の大半を軍議や書類仕事に取られてしまう。

しかし、戦場で最後に頼れるのは、自分の肉体だった。鍛錬を怠るわけにはいかない。

「フンッ！　フンッ！」

「おはようございます、精が出ますな」

中庭に来たのは、黒騎兵団の騎士団長代理——ホルガーだった。

メイドの持ってきた布で汗をぬぐい、コワニェラは笑みを浮かべる。

「これは、お恥ずかしいところを……ホルガー殿から見たら、児戯《じぎ》のようなものでしょうな」

黒騎兵団は帝国最強の騎士団とも評されている。

以前、第一軍こそ最強と言われていたが、建国記念祭で小競り合いがあり、黒騎兵団が圧勝したという噂が広がっていた。

ホルガーが首を横に振る。

「いやいや……見事なものですよ。稽古《けいこ》を邪魔して申し訳ないが、手紙が届きまして」

「手紙？」

「我らの軍師殿から」

「おお、レジス殿から！」

コワニェラは慌てて駆け寄った。

手紙は二通ある。

「一つはジェローム卿に宛《あ》てたものですな。念のため確認しましたが、アプハウト市への食料支援についてでした。他にも、あれこれ書いてありましたがね」

「えっ、私信を開けたのですか⁉」

「そりゃあ、黒騎兵団への指示が書かれていたら、私が応じる必要がありますので」

「ああ、なるほど」

「コワニェラ殿への手紙は開けておりませんよ。ご安心を」

渡された書簡には、しっかり封蝋《ふうろう》がされていた。

「あ、いや……何か疑いを持ったとか、そういうことではないですが」

「はは……他意がないのは理解しております。しかし、私は異国からの流れ者だ。警戒心を持つのは当然です。それが正しい」

「正しいでしょうか？」

「人を信じるのは美徳とされますが、司令官は用心深いほうが好ましいでしょうな」

「たしかに、簡単に騙される司令官は頼りないですね」

「そうですな……ところで、軍師殿に手紙を出されたのですか？」

「ジェローム卿の私信に便乗させてもらいました。情けない話ですが、東部戦線の現状を書き、助言を仰げれば、と」

コワニェラは封蝋を割る。

書簡を開いた。

間違いなくレジスの署名が入っている。

ホルガーが興味深そうな顔をした。

「ほほう、軍師殿は何と？　あ、いや……言えないことなら、べつに」

「ふふ……先ほどのような話をしたばかりですが、私はホルガー殿を信用しておりますよ」

コワニェラは書簡を彼にも見えるようにする。

ホルガーは驚き、それから視線を文字へ落とした。

「むむ……これは……」

「ふーむ、まるで予言書ですね」

「どうなさるおつもりで？」

「私としては、しばらく拠点防衛に専念するつもりだったのですが……」

「黒騎兵団の準備はできておりますぞ」

「もちろん、第七軍とて」

コワニェラはホルガーと視線を交わし、うなずき合った。

†

ハウプルト砦――

昼飯時だった。

「肉だ！　もっと肉よこせ！」

兵たちが殺気立っている。

若い兵士が伸ばした腕から、ぼたぼたと血がこぼれた。それに気付き、マリオンは包帯を持って駆け寄る。

「貴方、ケガをしてるじゃないの！」

「あ、マリオン様……ケガ？　ああ、さっき黒騎士の剣がかすっただけッス。骨に届いてないから、平気ッス」

「け、剣がかすったって……」

「骨まで斬られたヤツもいるし、こんなの気にしてたら首から上がなくなっちゃうスからね」

「でも、傷を放っておくと化膿《かのう》するでしょ？」

「腐ったら、焼けばいいんスよ。みんな、そうしてます。早いッスからね」

「……焼く!?」

「でも血が出てると、腹が減るんスよねー。あ、そういや、マリオン様」

「な、なに……？」

「ありがとうございます！　肉、用意してくれたの、マリオン様だって聞いたッス。みんな感謝してるッス！」

「ええ……でも町の人たちが出してくれたのは、レジス様が越冬の食料を用意してくれると約束してくれたからで……」

「すごいんスねえ、レジス様って！　でも、肉を持ってきてくれたのはマリオン様ッスから。見ててください、オレはヤルッスよ！　明日こそ黒騎士に一撃入れるッス！」

周りの兵からも、「そうだそうだ！」「やってやんよ！」と声があがった。

マリオンはため息をつく。

「……気をつけて」

「ウッス！」

伝令兵が駆けてきた。マリオンの前で跪く。

今の自分は副司令官なのだが――と思いつつ、伝令兵の急ぎように、ただならぬ事態だと察した。

「何か⁉」

「森から、集団が現れました！　敵襲かもしれません！」

「て、敵襲⁉」

「いかがなさいますか⁉」

「本当に見間違いじゃないのね？　まず数を把握《はあく》して……」

ぬっ、と顔を出したのは――ジェロームだった。

伝令の胸ぐらを掴む。

「まず最初に、司令官の俺に報告しろ」

「も、申し訳ありません！」

苦しげに謝罪した。

ジェロームが怒鳴りつける。

「すぐに警鐘《けいしょう》を鳴らせ！」

マリオンは慌てた。

「ええっ⁉　でも本当に敵なのか確かめないと……」

「馬鹿め、勝負は早さで決まる！　誤報なら、見張りの首をへし折るだけのこと！」

伝令を放り投げる。

「ぐはぁっ⁉」

「走れ！　死ぬ気で走れ！　すぐに警鐘を鳴らし、敵の動きを逐一《ちくいち》報告しろ！」

「了解ッ!!」

伝令が転げるように走って行った。

マリオンは表情を曇《くも》らせる。

「もし誤報なら、みんなに無用な緊張を与えるのでは……」

「それも訓練になる。なにより……これは、来てるぞ。本物だな」

「え？」

ジェロームが口元を歪めた。

「ククク……この気配は、なかなかだ。かなりの使い手がいるな。しかも、わざと殺気を撒き散らして威嚇《いかく》してやがる」

「う、嘘です！　そんな……殺気なんて、わかるわけないです！」

「貴様の常識だとそうなのか？　狭いな」

「なっ⁉」

「せいぜい矢の届かないところから眺めていることだ」

「私だって戦えます！」

ぽん、とジェロームにマリオンは肩を叩かれる。

「震えているぞ。無理をするな」

「あ……」

「臆病者《おくびようもの》は邪魔だ」

優しさではなく辛辣な一言を残し、ジェロームは愛馬へと向かった。

ほどなく、警鐘が鳴らされる。

「敵襲――――ッ‼　敵襲――――ッ‼　エスタブルクだッ‼」

†

事前の取り決めどおり、町側の門から住民を砦に収容する。

ひとまず、中庭に押しこんでおくだけだった。屋根もないし、横になる場所もない、土の地面である。何日も暮らせるような環境ではなかった。

しかし、町に残って敵兵に殺されるよりはマシだ。住民たちは不満を言わず、むしろ兵たちに感謝や激励の言葉を投げた。

伝令が駆けてくる。

「マリオン様、住民の収容、終わりました！　西門を閉じます！」

「ええ、急いで。それと、敵襲をコワニェラさんに」

「狼煙《のろし》をあげます！」

「それも、急いで」

マリオンは空を見上げた。太陽はやや西に傾いた程度か。暗くなるまでに、まだ六時間ほどはある。

砦は耐えられるだろうか……

味方は来てくれるだろうか……

敵襲を報《しら》せる狼煙があがる。

マリオンは視線を東の石壁へと転じた。

黒騎士がいる。


ジェロームは東の石壁にのぼり、敵を眺めていた。

敵軍がぞろぞろと、こちらに向かっている。その数二〇〇〇といったところか。

まだ突撃はかけていない。

見えるほど森が近いといっても五〇Ar《アルパン》（三五七三m）ほどある。一息で走れる距離ではなかった。

砦からの矢が届くまで、あと十五分ほどか。

「ククク……なかなかの数だな」

恐ろしい現実を口にしながら、ジェロームは笑った。

兵たちが表情を歪める。

「し、司令官は、恐くないのですか？」

「なにをだ？」

「こちらは六〇〇、敵は二〇〇〇〇……えっと……何倍もです」

他の兵が言う。

「三十倍だ。しかも、あの緑色の鎧は《深緑兵》です。エスタブルク王国軍の弓兵は、本当に強いのです」

ジェロームは兵たちを睨みつけた。

「ほう？　貴様らは、エスタブルクの雑兵三十ごときが、この俺より恐ろしいか？　どうやら、訓練で手加減しすぎたらしいな？」

「うっ⁉　いえ……そんなことは……」

「ならば、笑え！　糞どもが、負けにきやがった、とな！」

「は、はい！」

雰囲気は感染する。

敵二〇〇〇〇の恐怖に染まっていた兵たちだったが、一部が笑いだすと、他の者たちも笑いだした。

怯えを押し殺すための歪《いびつ》な笑みだったが、ずっと震えているよりはマシだ。

ジェロームは考える。

――いきなり、主力を投入してきやがったか。

初戦で大勝して、勢いをつける魂胆《こんたん》だ。

エスタブルクの兵たちは、緑色の鎧を身に着け、弓を持っていた。攻城戦にもかかわらず中型の弓なのは、扱いに慣れているからだろう。

敵将は馬鹿ではない。慣れに勝る武器はない、と理解していた。

木々の間を駆けるのに、長弓は邪魔となる。森の中では短めの弓が有効だった。

森の中で、木の陰《かげ》に潜んでいる敵からの矢を防ぐのは、本当に難しい。

しかも、下草や木の根などで足場が悪く、敵と距離を詰めるのが難しかった。下手に追いかけたら待ち伏せされる危険もある。

森の弓兵は難敵だ。

しかし、そのエスタブルク兵が平原に出てきていた。

好機ではある。

敵二〇〇〇に対して、手勢六〇〇で打って出るわけにはいかないが、侵攻の出鼻を挫くには勝つしかない。

伝令が走ってきた。

「司令官！　帝都よりの書簡です！」

「なんだと？」

「軍師レジス・ドゥ・オーリック様から！」

――よりによって、このタイミングでか⁉

ジェロームは睨みつけ、罪のない伝令兵に悲鳴をあげさせた。

「チッ……あとだ！　戦の最中だぞ！」

「えっ⁉　しかし、軍師殿の……」

「帝都にいるヤツの手紙が、もう戦が始まってる今、なんの役に立つ⁉　そこらに転がしておけ！」

「は、はい……」

うなずいて伝令は引き下がった。

ジェロームは奥歯を噛む。

もしかしたら、この状況を予見して、何か書いてあったかもしれない。

しかし、自分とて英雄と呼ばれた男だ。

遠く離れた者の助言に頼るほど、落ちぶれてはいない。

――レジスの策などなくても、俺は勝つ！

見張りが叫ぶ。

「司令官！　印を越えました！」

「弩《おおゆみ》、放てッ！」

壁に備えられた弩《おおゆみ》から、人間の頭ほどもある石が飛んだ。

射程は事前に調べておいたから、確実に届く。

いかにエスタブルクの弓兵が優れていようとも、森に合わせた中型の弓では、とうてい矢など届くわけがない。

しばらくは一方的だった。

――この砦の弩《おおゆみ》では、数が足りないか。

近付かれるまでに、一〇〇〇も減らせそうにない。

やがて、エスタブルク軍から矢が飛んできた。

とはいえ、敵軍の弓兵が優れていることはわかっている。備えは怠《おこた》っていなかった。

数名で持ち上げる大盾を構える。

雨のように矢が降ってきた。

「うわぁ！」

悲鳴をあげた兵を、他の兵が殴りつける。

「馬鹿野郎、情けない声をあげるんじゃねえ！」

「お、おう！」

いかに備えようとも、完璧とはいかないから、何人かは負傷した。

それでも、敵軍の初手はしのいだ。

エスタブルク側が、運んできた長梯子《ながばしご》を石壁に掛けてくる。

古典的な攻城戦だった。

弓矢で守備側の身動きを封じ、その隙《すき》に壁の上まで兵を登らせる策だ。

ジェロームは叫ぶ。

「燃やしてやれ！」

砦の兵たちが樽《たる》の蓋《ふた》を開け、中の液体を長梯子へとぶちまける。油だった。矢を射られる者もいたが、それでも油は広がった。

矢を受けた老兵が、だくだくと血を流しながらも、手にした松明《たいまつ》を投げつける。

「帝国万歳ッ！」

「うぎゃあああああーッ!!」

エスタブルク軍から悲鳴があがった。

頭上にある太陽が降ってきたかと思うほど、まばゆく輝く。

長梯子と、人間の燃える光だった。

次々に敵へ大打撃を与える。

しかし、数の差が大きすぎた。すでにハウプルト砦は完全包囲されている。

四方八方からの矢と、倒しても倒しても寄せる敵兵に、たった六〇〇人の帝国兵たちは、どんどん消耗《しょうもう》し、倒れていった。

†

夕刻——

石壁の角になる部分は、三方から集中攻撃を受ける。

とくに優秀な者を選んで配置しておいたが、やはり最初に破綻《はたん》した。

その付近の守備兵が全滅し、長梯子への対処ができぬまま、とうとうエスタブルク軍に登り切られてしまった。

「キィエーッ‼」

背負った弓を構え、うっぷんを晴らすかのように矢を射てくる。

「うおおおおおお！」

短期間ではあるが、地獄の訓練により鍛えた兵たちは、怯まず応戦した。

しかし、敵兵は次々と長梯子を登ってくる。

倒すより、増えるほうが多い。

それでも帝国兵は、誰も逃げ出したりしなかった。

「負けるな！　ここで負けたら砦が落ちる！」

「ざけんじゃねッス！　オレらは、ベルガリア帝国軍だぞ！　エスタブルクの糞なんぞに負けッカァ！」

　若い兵士が槍を構えて突っこんだ。

　矢を避けるような技術はない。

　胴に受ける。

「痛くねえ！　黒騎士に殴られたのに比べたら、ぜんぜん効かねえッス！」

『ギャッ‼』

　若い兵士の槍が、エスタブルク兵を貫いた。

「おっしゃあ！　次ィ！」

『ガリアンめ、死ね！』

「てめえらなんぞ、恐くねえ！　黒騎士に比べたら、恐くねえ！」

　興奮が痛覚を麻痺《まひ》させ、筋肉がちぎれるほどの膂力《りょりょく》を発揮させる。手練れのような速さの槍が、敵兵の心臓を突いた。

「まだまだッス！」

　弓使いばかりのエスタブルク兵の間から、ぬっと長剣が伸びてくる。

　若い帝国兵の右腕が飛んだ。

『くたばり損ないめが』

「うわあああああああああああ⁉」

そいつは、他と違って白色の甲冑を着ていた。手には長剣を持っていて、周りの兵より明らかに体格がよく、動きが速い。

『我が妹の仇《かたき》ッ！』

「ひいっ⁉」

若い兵士に迫る長剣──

それを漆黒の槍が弾いた。

黒色の甲冑をまとった男が、前に立つ。

「フッ……チマチマと弓を射てくるばかりかと思ったが、少しは歯ごたえのあるヤツがいるではないか」

もう立つこともできぬ身体で、若い兵士はうめく。

「……く……黒騎士」

彼の視界は闇《やみ》に呑《の》まれつつあった。

背を向けたまま、ジェロームは言う。

「よくぞ、俺が来るまで持ちこたえたな。貴様は帝国の兵士として、役目を果たした」

若い兵士の目から、涙がこぼれた。

「た、たのむ……黒騎士……勝ってくれ……」

「当然のことだ！」

ジェロームは槍を突き出す。

白鎧のエスタブルク兵が、獣じみた動きで避けた。

『我が妹——ユハプリシアの仇！　帝国の将を討ち取って——』

「戦の最中に、ごちゃごちゃと五月蠅《うるさ》いわッ！」

神速の三連撃が、白鎧に穴を穿《うが》つ。

『なんッ⁉』

「おおおおおおおおッ！」

ジェロームは吼《ほ》えた。

血を噴き出した白鎧を石壁から突き落とす。さらに、周りの弓兵も矢をつがえる暇《いとま》も与えず串刺しにした。

壁に登ってきた敵兵のことごとくを殺しつくす。やっと予備の兵が駆けてきた。

老兵ばかりだが、死体に驚くこともなく、淡々と油を落として長梯子に火をかける。

エスタブルク側は壁上の味方が全滅したとみるや、また矢を射てきた。

その頃には、木板の盾を構えている。

ジェロームは視線を落とした。

石の上に、若い兵士が倒れている。もう動くことはなかった。

陽《ひ》が暮れる。

夜は放った矢の飛ぶ先も見えないし、味方が石壁に登れたのかどうかもわからない。

攻め手には無駄な犠牲が増えるばかりだ。

ラッパが鳴らされ、エスタブルク軍がハウプルト砦から離れていく。

満身創痍の帝国兵たちは、その光景に身を震わせた。

「敵が……引いた……⁉」

「二〇〇〇〇の兵が……引いてく……引いてくぞ……」

「か……勝った……」

「うわあああああ！　勝ったあぁぁぁぁーッ‼」

兵たちが雄叫《おたけ》びをあげる。

ハウプルト砦の兵六〇〇が、エスタブルク軍二〇〇〇〇を退《しりぞ》けたのだ。

優位といわれる拠点防衛戦とはいえ、これは奇跡的な勝利だった。

たった一日ではあったが……

†

ハウプルト砦は死体置き場のようだった。

中庭に避難していた民間人にすら、流れ矢による死者が出ている。

兵士は生きている者より、死んだ者のほうが多かった。

ジェロームは夜襲に備えて、石壁を上る階段に座ったまま目を閉じている。

「…………」

足音で目を覚ました。

マリオンだ。

「あ……」

「今夜はナイフを持っていないのだな」

「帯剣はしています。貴方に向ける気はありませんが」

「フッ……どうだ……勝ったぞ」

「素晴らしいとは思います。ですが、明日はどうなりますか？」

ジェロームは黙った。

マリオンがコップを差し出してくる。

受け取って、口に含《ふく》んだ。

水が乾《かわ》いた身体に染みこんでいく。

「チッ……こういうときには酒を持ってこい」

「傷に障《さわ》ります」

「この俺が、あの程度の戦で、傷など負うわけがなかろう？」

「先ほど、軍医に手当てさせたでしょう」

ジェロームはまた舌打ちした。

「あのヤブめが」

「貴方は砦を守る要《かなめ》ですから、報告するよう命じておいたのです」

「案ずるな。かすり傷だ」

「そう……でも、兵たちは限界です。もう過保護で言ってるんじゃありません。貴方にもわかっているはず。生きているのは三〇〇人ほどで、戦える兵は二〇〇人もいません。予備兵力は使い果たして……次、どこか一カ所でも穴が開けば、もう埋めることはできないんです」

「だったら、どうする？　白旗を揚《あ》げるか？」

「そ、それは……」

「一人、白鎧の男を殺った……おそらく、エスタブルク王の息子だ。ユハプリシア王妃の兄だろう。名乗りはしなかったが……」

マリオンが息を呑んだ。

敵軍の戦意は、さらに燃え上がっていることだろう。

今、降伏しても、おそらく皆殺しだった。

彼女が悔しげに言う。

「マルシュテット城から、ハウプルト砦まで、急げば夕方には……遅くとも、夜には到着するはずなんです」

「うむ」

「なぜ、援軍が来ないのでしょうか⁉」

「答えがわかっている質問をするな。見捨てられたのだ。他にない」

「どうして⁉」

「もとより、ここは捨て石の砦だ。そのうえ、敵は二〇〇〇〇。第七軍の動かせる兵数は一三〇〇〇だ。援軍に来ても返り討ちかもしれん」

たとえ撃退できたとしても、今後の戦線維持が難しくなるほど大きく戦力を失ってしまうだろう。

無視するのが当然だった。

「ううぅ……わかってはいました……わかってはいたんです。でも、本当に見捨てられると……」

ぽろぽろ、とマリオンが涙をこぼした。

ジェロームは救援を当てにしていたわけではない。

しかし、黒騎兵団が来る可能性を少しは考えていた。見捨てられるとは、こういう感覚か。

「穴が開いたような気がするものだな」

「……なぜ、貴方は来たのですか？　アプハウトの生まれでもないのに」

ジェロームは腕組みした。

首をかしげる。

――自分も魔法のような勝利を挙げて、あの軍師に劣らないと示したかったのか？

子供じみた意地だったのか？

「フンッ……言ったはずだ。俺は負けるのが嫌いだ。こんな小さな砦だろうとエスタブルク王国ごときに奪われるなぞ、許せるものではない」

矜持《きょうじ》を貫く。

そのために命を落とすなら、望むところだった。

怯えて、逃げ回って、戦わずに老いるだけの人生など、糞食らえだ。

マリオンが目元をぬぐう。

「私たちは……どうすれば……？」

「地獄に落ちる兵のやることは決まっている」

「え？」

「敵兵を一人でも多く道連れにするのだ。殺して、殺して、殺して、ベルガリア帝国と戦うのは割に合わないと教えてやる。それが、死地に残された兵士の役割だ。果たして死ね」

　彼女が声を震わせる。

「し、市民たちは……？」

「自決用のナイフくらいは配ってやれ。捕虜は悲惨《ひさん》だからな」

「ううぅ……」

　またマリオンが涙をこぼす。

　戦地とは思えないほど、静かに夜は過ぎていった。

　すすり泣きが、耳から離れないほど。

†

帝国暦八五一年八月三日――

よく晴れた朝だった。

日の出と共に、再びエスタブルク王国軍が、ハウプルト砦へと近付いてくる。

弩は大半が火矢により破壊されており、昨日と同じ攻撃は行えなかった。

石壁の上で兵たちは待ち構える。

動ける者は、すべて壁の上だった。

もう予備戦力はない。

ジェロームの横に、マリオンが並んだ。目元が真っ赤だ。

「ち、近付いてきます」

「フンッ……見ればわかる。この砦を落とし、皆殺しにする気だろうぜ。撤退も素通りもするものか。魔法でもなければな」

そのとき、見張りが妙なことを言いだした。


「東のほうで、煙があがっています！」


ジェロームは首をかしげる。

黒煙《こくえん》が見えた。

——森が燃えているのか？

火事か？　それにしては、火の手が広がらない。

マリオンが目を細める。

「あの方角……もしかして……エスタブルクの拠点が？」

「なんだと⁉　おい、地図だ！　持ってこい！」

ばたばたと兵が走って行った。

エスタブルク側も気付いたらしい。

進軍が止まり、騒ぎだす。

遠くから、雷鳴のような音が響いてきた。

ずいぶん遠くから響いてくる音だが、おそらく大砲の発砲音であろうと思われた。

ジェロームは表情を険しくする。

「大砲の音……だと？」

マリオンが言う。

「もしかして、誰かが敵側の拠点を攻めているのでは⁉」

誰か、ではなかった。

この地方で大砲を備え、エスタブルクの拠点を陥落せしめるほどの戦力を有しているのは、第七軍を措《お》いて他にない。

兵たちも気付いた。

「第七軍だ！　コワニェラ将軍だ！」
ようやく地図が持ってこられた。
ジェロームは睨みつける。
――ハウプルト砦から、森の向こうにあるエスタブルクの拠点まで。
距離、五Li《リュー》（二二km）だった。
大砲の発砲音なら、聞こえるかもしれない。
このように聞こえるのかは、ジェロームにも判断がつかなかった。
当然ながら、エスタブルク軍も同じか。
ただし、自分たちの拠点の方角から、大砲の発砲音がして火の手があがっているのだ。
馬鹿でもわかる。
主力部隊が小さな砦を攻めているうちに、帝国軍に拠点が攻められてしまった、と。
思わぬ形での味方の登場に、砦の兵たちが表情を明るくする。
ジェロームだけは戦場を睨みつけた。
「糞めが……敵軍の次の行動が、ご丁寧に用意されてやがる。この手口ッ！」
見張りが叫ぶ。
「転進！　エスタブルク軍、転進！　東へ、離れていきます！」
うおおおおおッ!!　と昨日と同じくらいの歓声があがった。

ジェロームは怒鳴る。

「気を抜くな！　これからだ！」

「え？」

兵たちと同じように喜んでいたマリオンが、目を見開く。

「どういうことですか？　エスタブルク軍は自分たちの拠点に戻るのでは？」

「よく見ておけ。ヤツの策が、そんな〝お優しい〟わけがないからな」

この戦場において、ジェロームだけが気付いていた。

エスタブルク軍が東の森に入ろうとする。

そのとき、小銃の発砲音があがった。

無数に。

森の中からだった。

遠くから見ていたハウプルト砦の兵たちですら、驚きの声をあげる。

攻撃を受けたエスタブルク兵の動揺は、それ以上だった。

マリオンが叫ぶ。

「ど、どういうことですか⁉」

「待ち伏せだ。森での待ち伏せを、エスタブルク以外がやっちゃならんという決まりはなかろう」

「いったい、誰が……？」

「貴様は馬鹿か。第七軍に決まっているだろうが」

「えっ⁉　じゃあ、エスタブルクの拠点を攻めているのは……？」

もうジェロームは的確に策を理解していた。

吐き捨てるように言う。

「虚偽《きよぎ》だな。火の手と大砲の音で、あたかも〝エスタブルクの拠点を攻略している〟と勘違いさせた。狙いは、慌てて戻ろうとする敵の主力部隊だ。森に伏せた銃兵で奇襲し、敵軍が混乱したところへ――」

森から、黒色の甲冑に身を包んだ騎士たちが現れる。

ハウプルト砦の兵が指さした。

「黒騎兵団だ！　コワニェラ将軍の旗もある！」

もしも、第七軍が総力を挙げて援軍に来ても、一三〇〇〇対二〇〇〇〇で不利な戦いを強いられただろう。

たとえ勝っても、相当な損害を出したはず。

ところが、今は一方的だった。

エスタブルク軍が得意とする森での待ち伏せを逆に使うことで、敵軍を一気に混乱に陥《おとしい》れたからだ。

ジェロームは怒鳴る。

「今、この瞬間が、好機だ！　動ける者は槍を持て！」

マリオンが慌てた。

「ええっ⁉　ど、どうするんですか⁉」

「アレは俺たちの獲物《えもの》だろうが！　第七軍などにくれてやる理由はない！　出陣だ！　門を開けろ！」

「やめてください！　みんな、疲れて……」

彼女の声が、兵たちの雄叫びに掻《か》き消される。

「うおおおお！　やるぞ！」「仇討ちだ！」「敵将の首、もぎ取ってくれる！」

これくらい興奮していなければ、疲労困憊《ひろうこんぱい》の身体で戦場になど立てない。

そして、逃げ惑う敵兵を前にして、黙って見逃してやるほど、ジェロームは優しい性格ではなかった。

「野郎ども！　殺せ！」

開いた門から二〇〇人の兵が飛び出す。

元が桁違いであるから、逃げてくる敵兵の数は多かったが……

統率された集団と、挟撃《きょうげき》されて慌てふためく者たちとでは、勝負にならなかった。

昼を待たず、エスタブルク主力の司令官は白旗を揚げる。

東部戦線において過去に例がないほどの圧勝だった。

†

ハウプルト砦の前にて。

ジェロームを見つけた黒騎兵団の者たちが、集まってくる。

先頭の騎士——ホルガーが降り立った。

「お待たせいたしました」

「フンッ……来いと言った覚えはないぞ？」

「これはお節介《せつかい》を焼きましたかな。申し訳ありません」

「ヤツの策か？」

「ええ、はい……お手紙は読まれませんでしたか。まぁ、そちらに送った手紙には、策の詳細までは書かれていませんでしたが」

「チッ……またか」

またレジスの策だ。敵も味方も掌《てのひら》の上か⁉

ジェロームは地面を蹴った。

ホルガーが苦笑する。

「レジス殿の策は、ハウプルト砦が一日は耐えるのが前提でした。城塞都市マルシュテットから戦地を迂回《うかい》して、仕掛けまでとなると、それくらいの時間がなければ終わりませんでしたので」

「チッ……兵たちの奮戦まで、計算の内か！」

「まぁ、そうとも取れますが……私にはジェローム卿への信頼のように思えますな」

コワニェラとジェロームの手紙から、戦地の状況を把握し、レジスは策を提案してきたのだった。

相手の出方により、いくつか提案があったが、そのうちの一つが功《こう》を奏《そう》した形だ。

ホルガーがレジスからの手紙を差し出す。

「最初に〝これは書籍紹介のようなものですが〟と書いてありましたよ」

「その態度が、一番腹立たしいのだ！」

ジェロームは手紙を引っ摑むと、そいつを丸めて地面に投げつけた。

ホルガーが肩をすくめる。

「ところで、やはり自分には騎士団長代理なんぞ荷が重いです。肩が凝《こ》るので、戻ってはいただけませんか？」

黒騎兵団の騎士たちも、馬を降りてきて膝をつく。

「将軍、お戻りください！」

ジェロームは彼らを見渡した。

苛立たしげな声をあげる。

「……貴様ら、さっきの戦いはなんだ？　この一ヵ月……俺がいないうちに、どれほど鈍《なま》った？　鍛え直してやるから、覚悟しろ！」

「は、はい！」

畏怖と喜びの両方が混じった声をあげた。

ふとジェロームは振り返る。

小さなハウプルト砦。

石壁は焼け、門は崩れかけていた。

その前に、兵士や民間人たちが、ずらりと並んでいる。大勢の目に涙があふれていた。

マリオンが号令する。

「我らが英雄、ジェローム将軍に……総員、敬礼！」

覇剣の皇姫
アルティーナ

覇剣の皇姫アルティーナの世界

侍女《servante》

侍女とは上流階級の婦人に仕え、身の回りの世話をする女性を指す。

女主人の化粧を手伝ったり、衣服の相談を受けたり。一緒にお茶をして、話し相手になった。

侍女は使用人ではない。周りからは「お嬢様」と呼ばれ、女主人の友人として扱われた。

社交界《パーティー》ではドレスを着て、女主人の取り巻きとなる。

当然、高い教養が求められるため、下級貴族の息女だったり、平民でも豪商の娘だったりした。
本作だと、アルティーナと二人でいるときのクラリスが、まさに侍女のような振る舞いをしている（クラリスの場合、家庭教師や美容師も兼ねるが）
侍女はお目付役でもある。もしもクラリスが侍女であったなら……皇女殿下《アルティーナ》を男性《レジス》と二人きりにはしなかっただろう。
なお、国によって侍女の

地位は異なり、帝国以外だと、貴人専属の使用人でしかない場合もある。話し相手《コンパニオン》は別に用意された。

傘
parapluie

帝国暦八五一年のベルガリア帝国には、まだ雨傘は存在しない。傘といえば日傘のことであった。

傘の歴史は古く、約四〇〇〇年前から使われていたとされている。

より赤道に近い日差しの強い国で作られ、貴人だけが使う権威の証でもあった。

約五〇〇年前に折りたたみ傘が作られる。鯨の骨を細かく加工したもので、手にできるのは、やはり貴人だけだった。

ベルガリア帝国の帝都周辺は日差しの強い期間が短く、さほど日傘の需要はない。

それでも約二〇〇年前、南方の王国を併合したときに持ちこまれ、貴婦人が御洒落として日傘を使うようになった。

装飾であるから、帝国ではレースを張った日傘が流行する。

この時代、雨具は帽子とコートであった。

雨傘は茶葉や陶器と一緒に東方から伝わってきたもので、女性の装飾品とされる傘を男性が雨避けに使うのは、三〇年ほど先のことである。

あとがき

『覇剣《はけん》の皇姫《こうき》アルティーナⅫ』を読んでいただき、ありがとうございました。

著者の『むらさきゆきや』です。

半年くらい前に書いたものの、頁数《ページ》の関係で載せられずにいた黒騎士ジェロームの短編を今巻は入れることができました。

そのぶん、本編のほうは再会と再編で、動きが少なくなってしまったんですが、かなり状況は動いたかな、と思います。

それにしても、レジスとアルティーナが離ればなれになって、もうどれだけ時間が過ぎたことか。作中だと、そんなでもないんですが……

次回は南部戦線を書けるはず。がんばります。

そろそろ帝国史が方々を巻き込みつつ動き出すので、どうぞ最後までお付き合いいただければ幸いです。

青峰《あおみね》 翼《つばさ》先生と鉤虫《かぎむし》先生による『覇剣の皇姫アルティーナ』のコミック版が刊行中です。『千年戦争アイギス　白の帝国編』（ファミ通文庫）ゲームのノベライズですが、戦記としても楽しめるように書いているつもりです。

『異世界魔王と召喚少女の奴隷魔術』（講談社ラノベ文庫）刊行中です。コミック版もとても楽しいです。

『14歳とイラストレーター』（ＭＦ文庫Ｊ）癒しのあるお仕事コメディです。

書店で見かけたら、手に取ってみてください。


謝辞――

himesuz先生、豪華なイラストをありがとうございました。

デザイナーのアフターグロウ山崎様、西野様、今回もありがとうございます。

担当編集の和田様、ちょっと悩んでたんですが黒騎士の短編掲載を強く推してもらえ、いい形になったと思います。ありがとうございます。

ファミ通文庫編集部の皆様と、関係者の方々。支えてくれている家族と友人たち。

ここまで読んでくださった貴方に大きな感謝を。ありがとうございました。

むらさきゆきや

覇剣の皇姫
アルティーナXII
読んでくださってありがとうございます!
イラストはクール担当イェッカさんです。
むらさきさん、担当の和田さん、
今回も大変楽しませていただきました。
ありがとうございます。

■ご意見、ご感想をお寄せください。……………………………………………………
ファンレターの宛て先
〒102-8078　東京都千代田区富士見1-8-19　ファミ通文庫編集部
むらさきゆきや先生　　himesuz先生

■QRコードまたはURLより、本書に関するアンケートにご協力ください。…………………

https://ebssl.jp/fb/17/1586
・スマートフォン・フィーチャーフォンの場合、一部対応していない機種もございます。
・回答の際、特殊なフォーマットや文字コードなどを使用すると、読み取ることができない場合がございます。
・お答えいただいた方全員に、この書籍で使用している画像の無料待ち受けをプレゼントいたします。
・中学生以下の方は、保護者の方の了承を得てから回答してください。
・サイトにアクセスする際や、登録・メール送信時にかかる通信費はご負担ください。

FBファミ通文庫

覇《は》剣《けん》の皇《こう》姫《き》アルティーナXII

む1
1-12
1586

2017年4月28日　初版発行

著　者　むらさきゆきや
発行者　三坂泰二
発　行　株式会社KADOKAWA
〒102-8177 東京都千代田区富士見2-13-3
電話 0570-060-555(ナビダイヤル)　URL:http://www.kadokawa.co.jp/
編集企画　ファミ通文庫編集部
担　当　和田寛正
デザイン　山崎 剛、西野英樹(AFTERGLOW)
写植・製版　株式会社スタジオ205
印　刷　凸版印刷株式会社

〈本書の内容・不良交換についてのお問い合わせ〉
エンターブレイン カスタマーサポート　0570-060-555(受付時間 土日祝日を除く 12:00～17:00)
メールアドレス:support@ml.enterbrain.co.jp　※メールの場合は、商品名をご明記ください。

ISBN978-4-04-734542-3 C0193

定価はカバーに表示してあります。

千年戦争アイギス
白の帝国編Ⅱ

既刊　千年戦争アイギス　白の帝国編

著者／むらさきゆきや
イラスト／七原冬雪

魔神降臨！

強靭な古代炎竜《エンシエントフレイムドラゴン》と対峙するもアダマスの神器の力もあって勝利した皇帝。しかし、帝都に戻った彼に休む間もなく新たな試練がふりかかる。魔神が帝国領内に出現するとの予測が立ったという。急造の部隊に魔術師が必要になった皇帝は、才能ある者を求めて士官学校を訪れるのだが――。

はぐれ魔導教士の無限英雄方程式《アンリミテッド》
たった二人の門下生

著者／原雷火
イラスト／ポップキュン

世界を革命する新魔導ファンタジー開幕！

王立研を追われたカイを拾ったのは魔導士育成《ウイザードガー》機関《デン》。そこで押しつけられたのは、プライドの高い白魔導士のリリィと、超攻撃的な黒魔導士ローザという問題児！　通常は白と黒、どちらかの魔法しか使えないのだが、カイは両方使える特殊体質。彼だけが教えられる魔法とは——!?

奪う者 奪われる者VII

著者／mino
イラスト／和武はざの

既刊 奪う者 奪われる者Ⅰ〜Ⅵ

ユウの国の秘密が明かされる!!

都市カマーからユウが創った国に移住したニーナ、レナ、マリファ。彼女達はそこで獣人族、堕落族、魔落族に盛大な歓迎を受ける。そんなユウ達が憩いの時間を過ごす一方、ジョゼフの元に第十三死徒と名乗る狐面と狐人族が現れ、苛烈な戦いへと雪崩れ込むのだが──。

ファミ通文庫

俺たちは異世界に行ったらまず真っ先に物理法則を確認する

著者／藍月 要
イラスト／閏月戈

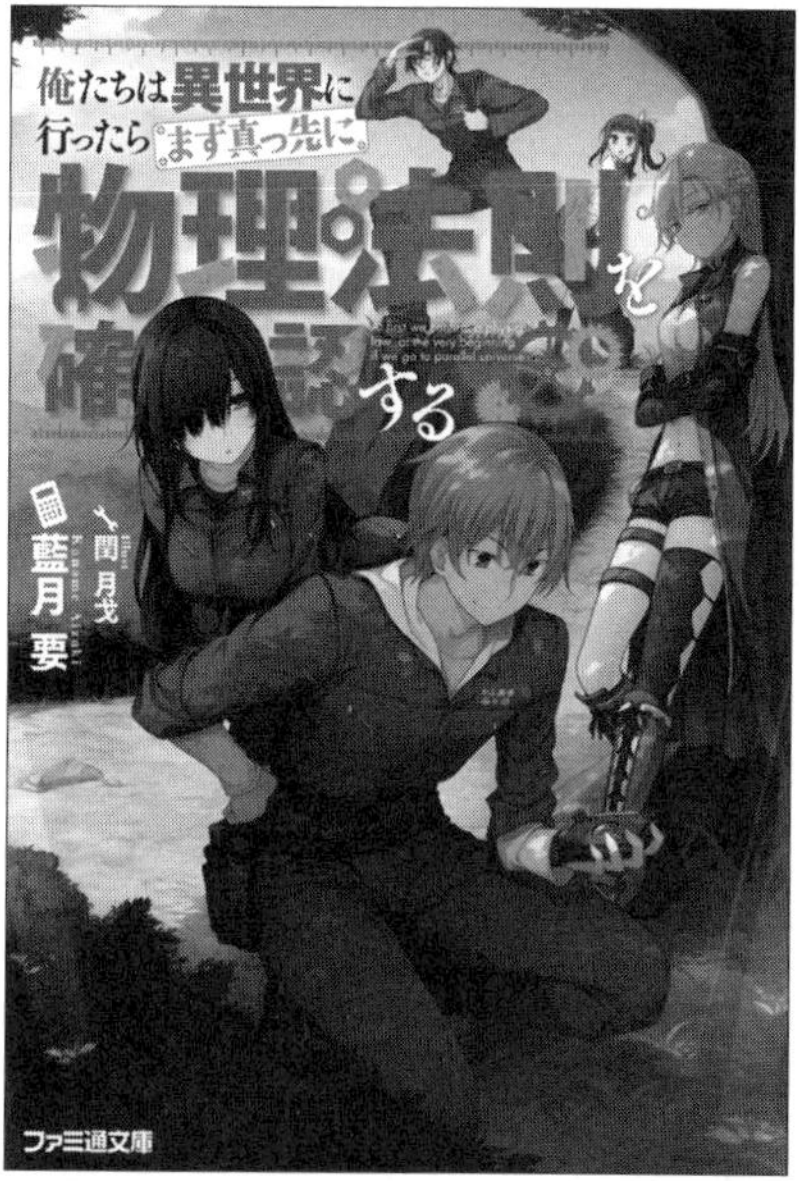

試して調べて開発する高専生の英雄譚！

高専に通う雨《あま》ケ《が》谷《や》幹人《みきひと》たちが、目を覚ますとそこは異世界でした。そんな彼らがまずやったのは、物理法則の確認！　重力、摩擦、大気構成──自分たちの知識を駆使して周辺を調べるメンバー。そんな中で見つけた、ひとつの魔道具《マジックアイテム》。それが彼らの運命を大きく変えていく──!!

ファミ通文庫

異世界ですが魔物栽培しています。

著者／雪月花
イラスト／shri

世界を揺るがす異世界栽培ファンタジー！

ある昼下がり、宅急便で『植物図鑑』を受け取ったキョウが部屋に戻ると、そこは異世界でした。チート能力もなく、食べるものにも困った彼がとった最終手段は——魔物を栽培して食べること！　いつしか周囲が魔物で溢れかえったキョウは、世界を救った六大勇者に狙われて⁉